후아유

조진행 판타지 장편소설

FANTASY STORY & ADVENTURE

3

dream books
드림북스

후아유(Who are you) 3
마법사

초판 1쇄 인쇄 / 2011년 1월 19일
초판 1쇄 발행 / 2011년 1월 29일

지은이 / 조진행

발행인 / 오영배
편집장 / 허경란
편집 / 신동철, 문보람, 오미정, 윤상현
본문 디자인 / 신경선
펴낸 곳 / (주)삼양출판사 · 드림북스

주소 / 서울특별시 강북구 송천동 322-10호
대표 전화 / 02-980-2112 팩스 / 02-983-0660
편집부 전화 / 02-980-2116 팩스 / 02-983-8201
블로그 / blog.naver.com/dreambookss

등록번호 / 제9-00046호
등록일자 / 1999년 3월 11일

값 9,000원

ISBN 978-89-542-4106-9 04810
ISBN 978-89-542-4103-8 (세트)

* 지은이와 협의하에 인지는 생략합니다.
* 잘못된 책은 구입한 곳에서 바꾸어 드립니다.

후아유
3
조진행 판타지 장편
FANTASY STORY
마법사
dream books
드림북스

Who are you

후아유

3 마법사

Contents

제1화

호감을 부르는 사나이

최병도 반장은 청문 감사반의 출입구 앞에서 잠시 머뭇거렸다. 대전 지방경찰청 청사 6층에 있는 청문 감사반은 별로 오고 싶지 않은 곳이다. 청문감사반은 -그가 경찰이라면- 잘못이 없다고 해도 드나들기 불편한 그런 곳이었다.

"젠장……."

함께 가겠다던 형사들을 만류하고 혼자 왔더니 마음이 편치가 않다.

갑자기 죽은 박 형사의 얼굴이 떠올랐다.

시체조차 온전히 남기지 못한 박 형사의 죽음은 지금까지도 충격으로 남아 있다. 그날 태안으로 출동했던 형사들은 모두 심리치료를 받고 있었다.

무심코 양복 안주머니에서 담배를 꺼내려던 최 반장은 한숨을 길게 내쉬며 문을 두드렸다. 그리고 대답을 듣지도 않고 안으로 들어갔다.

"어서 오십시오. 기다리고 있었습니다."

낯선 경관 하나가 빈 의자 하나를 가리켜 보였다.

최 반장이 자리에 앉자 상대방도 맞은편으로 이동했다. '지금부터 당신을 취조하겠다'는 의지가 느껴지는 절제된 몸짓이다.

최 반장의 얼굴이 저도 모르게 굳어졌다. 잘못의 유무를 떠나서 긴장하고 있는 것이다.

그런 최 반장의 마음을 아는지 경관이 웃으며 운을 뗐다.

"최병도 반장님, 만나서 반갑습니다. 이문식 경위입니다. 그렇게 긴장하지 않으셔도 됩니다. 그냥 절차라고 생각하시면 됩니다."

"……."

최병도 반장은 묵묵히 고개를 끄덕였다. 계급이 같다고 해도 인사치레든 뭐든 함께 반갑다고 인사를 나눌 입장이 아니었다.

"그럼 본론으로 들어가겠습니다. 아시겠지만 사상자가 크게 발생해서 위에서 관심을 가지고 계십니다. 그러니까 구체적으로, 납득이 갈 만하게, 정황을 설명해 주시면 됩니다. 사실 다른 형사들의 조사는 이미 마쳤습니다. 최 반장님을 끝으로 대전경찰서의 조사는 더 이상 없을 겁니다.”

“알겠습니다. 아는 대로 답하겠습니다.”

이문식 경위가 서류파일을 열며 물었다.

“여담입니다만 평소에 남자라면 큰일을 맡아야 한다는 말씀을 종종 하셨다고 하더군요?”

“네.”

최 반장은 순순히 고개를 끄덕였다. 확실히 그런 말을 입버릇처럼 달고 다녔기 때문이다.

“혹시 경찰특공대와 한국 인터폴에 공조수사를 의뢰한 것도 그런 차원에서였습니까?”

“무슨 말씀이신지?”

“경찰특공대와 한국 인터폴에 공조수사를 요청할 정도로 사건이 컸는데 말입니다. 고작 대전둔산경찰서의 특별수사대 하나가 총책임을 지고 있다는 점이 조금 의아해서 물어본 것이었습니다. 최 반장님이 진두지휘를 하신 것으로 아는데…… 그러기에는 사안이 너무 크다고 생각하지 않으십니까?”

“저는 주어진 임무에 충실했을 뿐입니다. 갑자기 임지연 박사가 사라졌고, 그녀를 찾는 수사팀이 만들어졌습니다. 그리고 대전둔산경찰서에서 조직된 특별수사대를 강력반의 실무책임자인 제가 맡게 되었고요. 그때만 해도 일이 이렇게 크게 될 거라고는…….”

“네, 일이 컸습니다. 겨우 여섯 명의 형사들이 책임을 지고 수사를 할 사안은 아니었지요."

"하지만 실종 초기에는…… 누구도 임 박사가 납치된 것이라고는 생각하지 않았습니다. 국정원의 관계자도 와서 자료를 보여주며 연구 실패와 대성그룹의 재무사정 악화로 잠적한 것 같다고 하지 않았습니까? 그 당시의 어느 누구도 임 박사가 납치되었다고는 생각하지 못했습니다."

"네, 조사에 의하면 최 반장님께서 국정원 요원이 그렇게 말했다고 말씀을 하셨더군요."

"허허, 그럼 제가 없는 소리라도 하고 있다는 겁니까? 납치인데 저 혼자 자작극으로 몰았다가 다시 일을 크게 벌였다고요? 제가 그렇게까지 진상을 떨 인물로 보이십니까?"

절차에 불과하다던 인사말과 달리 처음부터 날선 공방이 이어졌다.

이문식 경위가 최 반장을 지그시 바라보았다. 미세한 표정도 놓치지 않겠다는 그런 눈빛이다.

최 반장은 그런 이 경위의 시선이 마음에 들지 않았지만 외면하지 않았다. 눈싸움에서 지면 마치 자신이 거짓말이라도 하고 있는 것처럼 보일까 봐서다.

"알겠습니다. 그렇다면 최 반장님께서 만났다는 국정원 요원의 이름이 어떻게 되나요?"

"그, 박 뭐라고 했는데…… 이름은 기억이 나지 않습니다."

"흠, 그 중요한 이름이 기억이 나지 않는다는 말씀이십니까?"

"만나자마자 자기 신분증을 보여주면서 '국정원의 박 뭐시기입니다' 라고 인사를 했는데…… 단 한 번 만난 사람의 이름을 어떻게 기억합니까?"

"그럼 그 뒤로는 만난 적이 없다는 말씀이십니까?"

"네."

"박씨라는 성과…… 혹시 사진을 본다면 얼굴은 기억하실 수 있겠습니까?"

"네, 얼굴은 알아볼 수 있을 것 같습니다. 그런데 왜 갑자기 국정원 요원의 이름과 얼굴을 확인해야 하는지 물어도 되겠습니까?"

"……."

잠시 망설이던 이문식 경위가 담담한 표정으로 답했다.

"국정원에서 왜 이번 사건에 대해 보고하지 않았느냐고 청장님께 항의하고 난리가 났었습니다. 국가 안보와 직결될 사건인데 국정원 모르게 일을 진행할 수 있느냐고 화를 냈다는데…… 최 반장님은 국정원 요원을 만나 정보를 얻었다고 하니 일이 조금 묘하다 싶어서요."

최 반장이 어이가 없다는 표정으로 이 경위를 바라보았다.

"아니! 자기들이 와서 납치가 아니라 잠적 같다고 해놓고, 사고가 터지니까 오리발을 내밀다니? 이게 말이나 된다고 생각하십니까?"

"그러니 최 반장님이 상대의 이름과 얼굴을 기억하는 게 중요한 일이 되어버렸습니다. 오늘 하루에 끝날 일이 아닌 것 같다는 생각이 드는군요."

"저야 아무 때라도 출석 지시가 있으면 오겠습니다. 어차피 요즘은 심리치료 받는 것 외에 딱히 하고 있는 일이 없으니까요."

"이해해 주시니 감사합니다. 그럼 몇 가지 확인을 더 해보겠습니다. 서울지방경찰청의 이극렬 경위님과 대전경찰서의 조문기 형사를 포항으로 보낸 경위에 대해서 기억나는 대로 말씀해 주시기 바랍니다."

"이 경위님도 원래는 태안에서 합류할 예정이었습니다. 그런데 장 테스카틀이라는 놈의 이름과 하는 짓이 아무래도 속임수 같다고, 포항 쪽도 확인을 해봐야겠다고 하더군요."

"이름과 하는 짓이 이상하다는 게 구체적으로 무엇을 의미합니까?"

"납치범인 장 테스카틀이 남미의 무슨 사악한 주술사 이름과 같다고 하더군요. 사기를 치고 다니는 신(神)의 이름이라는데…… 마침 범인이 랜드로바로 임 박사를 납치하고 범행 현장에서 떠나지 않은 것을 보니 이번에도 태안이 아니라 정 반대인 포항 쪽에 있을 것 같다고 했습니다."

"대단히 뛰어난 추리로군요. 범인이 랜드로바를 이용했다고 예측한 사람도 이 경위님이라는데, 그 모든 추리를 이 경위님이 한 게 맞습니까?"

"정확히는 이 경위가 아니라 이 경위의 후배 경찰이라고 했습니다."

"이 경위의 후배가 그런 추리를 했다는 말씀이시죠?"

"그렇습니다."

"그 후배는 서울지방경찰청의 형사인가요?"

"저는 그렇게 들었습니다."

"흠……."

이문식 경위의 입에서 침음성이 흘러나왔다.

"뭐 잘못된 거라도 있습니까?"

"아닙니다. 실은 어제 이 경위님이 입원해 있는 병원에 다녀왔습니다."

"아! 몸은 좀 어떻던가요?"

"총알 한 발은 어깨를 스치고 지나갔고, 한 발이 등과 어깨 사이에 박혀 있었는데 뺐다고 하더군요. 지금은 거동이 가능할 정도로 좋아지셨습니다."

"하아! 다행이군요."

"그런데 이 경위님은…… 후배가 아니라 사실은 자신의 의견이었다고 했습니다."

"네? 후배라고 했었는데?"

"그냥, 나서기 싫어하는 성격에다가…… 최 반장님이 진두지휘를 하는 곳에서 자기 의견을 내기가 껄끄러워서 후배의 이름을 빌렀다고 하더군요."

"그, 그랬습니까? 쯧! 그렇게 하지 않아도 됐을 텐데……."

최 반장은 그런가 보다 하고 넘어갔다. 생각해 보니 후배라고만 했지, 그 후배가 누군지에 대해서 말한 적이 없기 때문이다. 그런 이유에서라고 생각하니 괜히 웃음이 난다. 사십 대의 경위가 다른 사람의 이름을 빌릴 정도의 낯가림이라니?

"서울지방경철청에 있는 형사들은 이번 사건을 모르고 있습니다. 이 경위님과 친하다는 형사들도 만나봤지만 언론에 발표된 것 이상은 알지 못하고 있더군요. 아마…… 이 경위님의 설명이 맞는 것 같습니다. 범인소탕에 결정적인 제보를 했으니까, 잘하면 포상의 대상이 될 수도 있는데…… 끝까지 나서지 않는다는 건 상식적으로 말이 안 되니까요."

"그럴 겁니다."

"그럼, 결국 국정원 요원의 신원만 확인하면 어느 정도 윤곽이 드러나는 셈이군요."

"……."

최 반장은 대답하지 않았다.

자신의 증언이 필요한 일이기도 하지만, 자신이 이용당했을지도 모른다는 생각에 답답함을 느끼고 있었기 때문이다.

"혹시 이 경위님께서는 내가 공명심에 사로잡혀서 거짓말을 했다고 생각하십니까? 잠적이라고 밀어붙이기 위해서 만나지도 않은 국정원 요원 얘기를 했다고 말입니다."

"아니요. 저는 우리 경찰을 믿습니다. 게다가 잠적으로 밀어붙이려고 했다면 그 이후의 대처가 말이 되지 않습니다. 반장님은 경찰특공대와 인터폴에 협조를 요청했으니까요."

"맞습니다. 대체 국정원에서 왜 오리발을 내밀고 있는 겁니까?"

"그걸 알려면 반장님이 국정원 요원의 얼굴을 확인해 주셔야 합니다. 오늘 국정원에 확인 요청을 할 생각입니다. 아마 내일쯤 최 반장님께 국정원에서 연락이 갈지도 모르겠습니다. 직접 가셔서 그쪽에 확인을 해주시는 게 가장 빠른 길일 겁니다."

"알겠습니다. 얼굴을 똑똑히 기억하고 있으니…… 사진을 보면 알아볼 수 있을 겁니다."

"그럼, 이만 끝내도록 하겠습니다. 협조해 주셔서 감사합니다."

이문식 경위가 웃으며 가볍게 목례를 해 보였다.

최 반장도 짧게 목례를 한 후에 자리에서 일어섰다. 바늘방석 같은 자리에서 일어나니 시원하기 그지없다. 최 반장의 입에서 안도의 한숨이 흘러나왔다.

그런 최 반장에게 이 경위가 웃으며 말했다.

"하하, 원래 이 자리가 괜히 사람을 긴장시키는 자리입니다. 그래도 최 반장님이 가장 편안하게 말씀해 주셨습니다."

"……."

자기가 질문을 까칠게 하고서는 자리 탓이란다.

최 반장은 씁쓰름한 미소를 지어 보인 후 사무실을 나갔다.

청사의 1층 화장실 구석에 서서 담배 한 대를 처량하게 핀 최 반장은 누군가 다가오자 급히 껐다.

그리고 주차장으로 돌아가서 자신의 승용차에 올라탔다. 담배 냄새 풀풀 풍기는 운전석에 앉으니 비로소 모든 일이 끝났다는 생각이 든다.

최 반장은 습관적으로 다시 담배를 입에 물고 시동을 걸었다.

대전지방경찰청에서 나오니 하늘이 밝다 못해 눈부실 지경이다. 초겨울로 접어들었는데 햇살은 늦가을처럼 강했다.

차 위에 걸어놓은 '오늘도 무사히'를 기도하는 소녀의 그림이 햇살 아래 밝게 빛났다.

그림 아래 중학교에 다니는 딸아이가 유성펜으로 적어놓은 '건강하세요'라는 글귀가 오늘따라 짠하다.

'담배를 끊을까?'

최 반장은 물고 있던 담배의 불씨를 털어낸 후 차량용 재떨이에 억지로 쑤셔 넣었다.

그러는 동안 직진신호에 붉은 등이 들어왔다.

최 반장은 구형 소나타를 세우고 조수석에 던져둔 사탕통을 더듬거렸다. 담배를 끊자고 마음먹으니 곧바로 사탕으로 손이 간 것이다.

그렇게 최 반장이 가마골 네거리에서 직진 신호를 기다리고 있을 때다.

좌회전할 것처럼 오던 화물트럭 하나가 갑자기 속도를 올리며 달려들었다.

쿵. 콰지지직.

화물트럭은 최 반장의 구형 소나타를 절반 이상 타고 넘어간 뒤에야 겨우 멈춰 섰다.

빵빵빵.

갑작스런 사고로 일대의 교통이 마비되었다.

잠시 후 119구조대원들이 도착해 트럭 운전사를 구해냈다. 트럭 운전사는 구조되자마자 '차가 갑자기 급가속을 해서 조정할 수가 없었다' 고 울먹였다.

하지만 승용차의 운전사는 시체를 꺼낼 엄두도 내지 못했다. 위에서 누르고 있는 트럭의 무게도 문제지만 승용차에 이미 불이 붙었기 때문이다.

결국 승용차는 견인차가 도착하기도 전에 '펑!' 소리와 함께 터지고 말았다. 곧이어 검붉은 화염이 승용차와 트럭을 휘감았다.

매캐한 연기가 밝은 하늘을 검게 물들여 나갔다.

*　　*　　*

강유진이 미술관의 퇴근을 한 시간 정도 앞두고 있을 때다.

이운학 관장이 다가와 지나가는 투로 말했다.

"퇴근 후에 잠시 이야기를 할 수 있겠나?"

"네."

그다지 내키지는 않았지만 강유진은 고개를 끄덕였다.

그렇지 않아도 미술관의 분위기는 흔히 말하는 '개판 오분전' 이었다. 큐레이터 이지영은 출퇴근 시간이 제멋대로였고, 이운학 관장과는 눈도 마주치려 하지 않았다. 모두가 이운학 관장이 광주로 심부름을 보낸 일의 후유증이었다.

퇴근 시간에 맞춰 사복으로 갈아입은 강유진이 관장실의 문을 두드렸다.

"강유진입니다."

"기다리고 있었네. 어서 오게."

망설임 없이 성큼성큼 안으로 들어간 강유진은 소파에 가볍게 걸터앉았다. 누가 봐도 '내 맘대로 하겠다' 는 오라가 전신에서 풀풀 풍겨 나오고 있었다. 사실 강유진은 언제라도 사표를 낼 마음의 준비가 되어 있는 상태였다.

이운학 관장이 차를 끓여 탁자에 올려놓았다.

"내가 아끼는 국화차일세."

"감사합니다."

"강원도산 녹차에 지리산 국화잎을 띄운 것이지. 두통과 간질환, 충혈된 눈에 아주 좋다네."

"……."

강유진은 별말 없이 고개를 끄덕였다.

이 관장의 분위기를 보아하니 딸이 속을 썩이면서 마시기 시작한 모양이다. 그게 아니라면 두통에 강조를 할 리가 없지 않은가.

"사위들의 직업에 대해 이야기를 했었던가?"

"예."

"큰사위는 검사야. 둘째는 경찰이고…… 셋째만큼은 부드러운 직종의 사위를 맞이하고 싶었네. 평범한 사업가면 좋겠다고 생각했었지."

'평범한 사업가라뇨…….'

강유진은 그런 사업가는 없노라고 한마디 하려다가 참았다.

자신이 목격한 사업가는 '독한 놈은 흥하고, 착한 놈은 주변 사람까지 망하게 만드는' 특별한 직업이었다. 평범한 사업가라니? 정말 부조화의 극치다. 평범한 고리대금업자라든가, 평범한 사채업자라는 말과 다를 게 뭐란 말인가?

그러는 동안에도 이 관장의 말은 계속되었다.

"여행사나 벤처기업처럼 작은 사업체를 운영하는 것 말일세. 망해도 작게 망하는……. 힘들면 내가 조금 도와줘도 되는 거니까. 죽으면 돈 싸 가지고 저승 갈 것도 아니지 않은가. 그러니 본격적으로 재산을 노린다거나 딸의 등골을 빼먹을 그런 놈만 아니면 된다고 생각한 거지."

'그건 취미용으로 사업을 하라는 말이 아닙니까…….'

"물론 내가 원하던 사위의 직업이 그랬으면 좋겠다는 걸세."

"저도 딸이 있어서 그 마음 잘 압니다."

이운학 관장이 깜짝 놀란 눈으로 강유진을 바라보았다.

"아! 맞아. 자네는 딸이 있었다고 했지. 전처가 데리고 미국에 갔다던가……."

"……."

강유진이 씁쓰름한 미소로 국화차를 마셨다.

전처며 딸에 대한 이야기는 하지도 않았는데 이운학 관장은 대체 어디서 저런 소리를 들은 걸까?

"자네의 얼굴을 보고 있으면 정말 믿어지지가 않아. 이십 대 중반으로밖에 안 보이는데…… 딸까지 둔 이혼남이라니……."

"그 정도로 동안(童顔)은 아닌데요?"

"허, 이 사람 거울은 안 보고 다니나……. 자네가 동안이 아니면 누가 동안이라고? 우리 미술관에 꽃미남 경비가 하나 떴다고 강남이 들썩거리고 있구먼."

"뭐, 말씀은 감사합니다."

"빈말이 아닐세. 자네가 우리 미술관에 처음 올 때는 좀 비루한 구석이 없지 않았는데…… 지금은 아주 젊고 멋있어졌네. 나이를 거꾸로 먹는 것 같아. 자네가 즐겨 먹는 음식이 뭔가?"

"참치 통조림요."

"그것 말고."

"글쎄요. 고시원에서 주는 반찬을 중심으로 섭식하고 있습니다."

"언제 그 고시원 주방장 아주머니를 꼭 만나보고 싶구먼."

"저, 관장님. 오늘 제가 약속이 좀 있는데요. 제가 먹는 음식 메뉴가 궁금해서 부르신 건가요?"

강유진은 오늘 약속이 있었기에 본론을 빨리 듣고 싶었다. '집 나간 아들을 찾아달라'는 의뢰를 올린 김정숙 아주머니와의 만남이 한 시간쯤 후에 있었던 것이다. 그러고 보니 모두가 자식 때문에 노심초사(勞心焦思)하는 부모의 일이다.

"자식 이기는 부모는 없다지?"

"네, 저도 졌습니다."

"나는 경비원으로서 자네가 마음에 드네. 하지만 사윗감으로는 생각해 본 적이 없네……."

이운학 관장이 맥없는 소리로 중얼거렸다. 지금 자신이 하고 있는 말의 의미와 파장을 생각하니 괴롭고 힘든 것이리라.

"저도 미술관이 마음에 듭니다. 그리고 저 역시 관장님을 장인어른으로 생각해 본 적이 없습니다."

이운학 관장과 달리 강유진의 음성은 단호했다.

관장실에 들어왔을 때부터 강유진은 사표 낼 시기를 가늠하고 있었다.

'아직은…… 아니다.'

이운학 관장이 조금만 더 공격적으로 나와준다면 고민하지 않고 사표를 낼 수 있을 것 같았다. 어려울 때 거둬준 이운학 관장을 생각하면 아직은 참을 만했다.

"자네, 해보고 싶은 사업이라도 있나?"

"사업요?"

"그래, 사업 말일세. 생각해 보면 자네는 나의 은인 아닌가. 자네가 그럴싸한 사업을 구상해 온다면 내가 투자를 해볼 의향이 있네."

"저는 사업 쪽으로는 그다지……."

"그럼 취직을 하려고 했었나? 몇 년 전부터 삼팔선(삼십팔 세 퇴직)이라고 하던데."

"사실 재취업을 생각한 적은 있습니다."

"오라는 데가 없으면 일자리를 스스로 만들어도 되지 않겠는가?"

"돈이 없으니……."

"그 돈이야 내가 자네 사업계획서를 보고 밀어준다니까."

"절 뭘 보고 밀어주신다는 말씀이신지?"

"내 은인이니까."

"정말 그것뿐입니까?"
"그럼 내가 자네를 사위로 삼으려고 그러는 줄 아는가?"
"절대로 아니죠."
강유진이 정색을 하고 부인하자 이운학 관장이 떨떠름한 얼굴로 말했다.
"알면 됐네. 시간 날 때 사업계획서나 만들어와 보게. 투자할 가치가 있으면 내가 밀어줌세."
"생각을 좀 해보겠습니다."
"그래, 생각이 정리되면 말하게."
"혹시 경비에서 일단 잘라보려고 그러시는 건 아니겠죠?"
"자네는 다 좋은데 그 입이 좀 문제야. 그런 일 없으니 괜한 입방정으로 골육상쟁(骨肉相爭)이 일어나게나 만들지 말게."
"그럼 저도 여러 가지로 생각을 좀 해보겠습니다."
"그러게."
"……."
강유진이 의아한 눈으로 이운학 관장을 바라보았다.
다른 좋은 직장을 추천해 주거나 나가달라고 할 줄 알았는데, 뜬금없이 사업을 구상하라니?
국화차를 홀짝거리던 이운학 관장이 귀찮다는 듯 손을 흔들었다.
"약속이 있다면서? 할 말 없으면 어서 나가보게. 자네를 보고 있으면 두통이 나려고 하니까. 내가 요즘 국화차 마시는 이유를 몰라서 그러나?"

"아, 네, 그럼 먼저 나가보겠습니다."

"그러게. 항상 관장보다 먼저 퇴근하는 경비원씨."

"관장님이야 여기가 쉼터도 되지만 저에게는 그냥 일터이니까 제시간에 나가야죠."

"쯧! 한마디도 안 지지……."

강유진이 꾸벅 인사를 해 보인 후 관장실을 빠져나갔다.

*　　*　　*

강유진은 원룸텔에 들러 샤워를 한 뒤 약속 장소로 나갔다.

김정숙 씨와 만나기로 한 곳은 강남역 근처의 신천지 커피숍이었다.

2층의 커피숍 입구에서 휴대전화로 김정숙 씨의 위치를 확인한 강유진은 -망설임 없이 김정숙 씨의- 맞은편 자리에 착석했다.

"안녕하세요? 운영자 카론입니다."

"아, 네…… 저는 정우 엄마예요."

김정숙 씨, 즉 정우 엄마는 사십 대 후반에서 오십 대 초반으로 보였다. 자신의 이름보다 정우 엄마라는 이름으로 불리길 원하는 걸 보면 전형적인 한국의 어머니라는 느낌이다.

강유진은 김정숙 씨의 바람을 이루어주고 싶었다. 카론과 자신에게 어머니라는 이름은 특별했으니까 말이다.

"제가 찾아서 집으로 돌려보내야 하는 아드님의 이름이 정우인가요?"

"네. 그런데…… 생각보다 젊으시네요."

김정숙이 복잡한 표정으로 강유진을 바라보았다.

가출한 아들 또래로 보이는 남자에게 아들의 일을 부탁하려니 기분이 이상한 것이다.

"어머니, 젊어도 일은 잘합니다. 걱정하지 마세요."

"우리 아들이 아무래도 깡패들과 어울리고 다니는 것 같은데…… 괜찮으시겠어요?"

"하하, 중고등학교 애들이 깡패라고 해봤자……."

"21살이에요."

"……."

강유진은 잠시 할 말을 잃었다. 가출한 아들이 사고를 치고 다니는 것 같다고 해서 중고생이라고 생각했는데 그게 아니었던 모양이다.

"어머니, 아드님 나이가 21살이면 가출이 아니라…… 독립 아닌가요?"

"아니에요. 우리 정우가 고3 때 집을 나갔으니까…… 가출이 맞아요."

정우 엄마는 아들의 가출 시점이 18세, 즉 미성년자임을 강조하고 있었다.

"그, 그렇군요. 그럼 지금 가출한 지 3년째인가요?"

"네."

"어디 있는지는 아시나요?"

"몰라요."

"그럼, 아드님의 연락처라도 알려주세요."

"요즘 쓰는 전화번호는 몰라요. 대신…… 오래전에 받아둔 명함이 하나 있는데…… 아직도 여기에 다니는지는 모르겠어요. 아마…… 계속 다니고 있을 것 같긴 한데……."

김정숙이 조심스럽게 명함 하나를 내밀었다. 얼마나 오랫동안 사용했는지 사각의 귀퉁이가 닳은 명함이다.

강유진이 명함을 살피며 중얼거렸다.

"여기로 전화를 자주 하셨나 봐요?"

"아뇨. 한 번도 하지 못했어요."

"명함이…… 좀 낡아 보여서……."

"잘 보관했어야 하는데…… 그냥 집 안에서 이리저리 굴리다 보니까 그렇게 된 거예요."

"전화는 왜 안 하셨는데요?"

"애는 찾아오실 건가요?"

"……."

조금 짜증이 섞인 음성이다.

강유진이 애매한 표정으로 김정숙을 바라보았다.

아들을 찾아달라는데 그동안 왜 전화를 하지 않았느냐고 물으니 울컥한 모양이다.

김정숙은 아케론닷컴을 '인터넷 흥신소' 쯤으로 생각하고 있는 것일까?

'그래도 상관없겠지…….'

상대가 어떻게 생각하건 원하는 것을 들어주는 것이 아케론닷컴의 마스터인 자신의 사명이었다. 게다가 어머니가 오래전에 가출한 아들을 찾아달라는 의뢰다. 카론이 하지 못한 일이며, 자신이 꼭 들어주고 싶은 소원인 것이다.

"최대한 빨리 찾아서 연락을 드리겠습니다."

"연락이 아니라 집으로 오게 해야죠."

"아! 혹시 아드님이 어머님 집을 알고 있나요?"

"네, 제가 사는 곳은 아들이 잘 알아요."

"저어, 아드님이 어머니의 집도 알고 있다면…… 나이도 있는데……."

"무슨 말씀이세요? 그 애는 이제 21살이라고요."

김정숙 씨의 음성이 조금 격앙된 느낌이다. 그녀에게 정우는 영원히 코흘리개 아들이라는 생각이 들었다. 아들이 결혼을 하고 손자를 낳아도, 그녀의 눈에는 물가에 내어놓은 어린 아들로 보이리라.

가슴이 뭉클했다.

"아 네, 일단 제가 아드님을 만나서 그 부분에 대해 충분한 이야기를 나누어 보겠습니다. 하지만 민주국가에서, 성년인 아들이 자발적인 의사로 집에 들어가지 않겠다고 하면…… 누구라도 그걸 강제할 수가 없습니다. 그건 알고 계셔야 해요."

"분명히 돌아오지 못하는 상황일 거예요."

"알겠습니다. 그런 상황이라면 제가 해결해 드리죠. 그렇지 않은 경우에는 어머니께서 섭섭해도 좀 참고 사셔야 합니다. 아셨죠?"

"……네."

김정숙 씨가 마지못한 표정으로 대답을 했다.

그제야 강유진의 입에서 한숨이 흘러나왔다. 겨우 합의점을 찾았다는 생각에서다.

"그럼 부탁드릴게요."

말과 함께 김정숙이 일어났다.

김정숙은 뒤도 돌아보지 않고 밖으로 나가려고 했다.

"저기, 어머니?"

"네?"

김정숙이 커피숍의 문고리를 잡고 돌아보았다.

"1,800원은 주셔야죠."

"……."

김정숙이 무슨 말인지 몰라 눈을 끔뻑였다.

강유진이 웃으며 다시 말했다.

"어머니 커피값요."

"아, 죄송해요. 제가 다 낼게요."

김정숙이 허겁지겁 카운터로 돌아왔다.

"아니에요. 저는 프로라서, 나름의 복무지침이 있습니다."

"아니, 그래도……."

"절대로 안 됩니다. 지금은 겨우 1,800원이지만…… 어떤 건 한 잔에 수십만 원 하는 것도 있거든요. 복무지침이 없으면 골치 아파져서요."

"아, 그럼 그렇게 하세요."

김정숙은 상대가 하는 말을 다 알아듣지는 못했지만 규정이 그런 거라고 생각했다.

'허풍이 심한 청년이네. 한 잔에 수십만 원짜리를 누가 사준다고?'

신세대 젊은이들은 자신감이 넘친다고 하더니 정말 그런 모양이다. 세상 물정은 모르고 자신감만 넘치는 젊은이들…… 어쩌면 자신의 아들도 그럴 것이다.

김정숙이 먼저 2,000원을 내고 200원을 거슬러 받았다. 그리고 거스름돈을 받자마자 어색하게 웃어 보이고 카운터를 떠났다.

홀로 남겨진 강유진이 지갑을 꺼내자 커피숍의 매니저 아가씨가 웃으며 물었다.

"공무원이신가 봐요?"

"왜요?"

"공사(公私)가 분명해 보여서요."

"그런 공무원이 있으면 뉴스에 나올 일이죠."

"아! 아니시구나."

"네."

"그럼 무슨 일 하시는데요?"

"미술관 경비요."

"아! 보안회사에서 일하시는구나."

"저는 그냥 경비예요. 미술관에 고용된 경비."

"그렇게 안 보이세요."

매니저 아가씨가 자꾸 말을 길게 끈다는 생각이 든다. TV드라마에서나 나올 법한 '이성에 대한 호감'을 보이고 있는 것일까? 만약 그런 거라면 진짜 운수 대통한 날이다. 살아오면서 그런 적은 한 번도 없었으니까 말이다.

"그럼 뭐하는 사람으로 보이는데요?"

여기까지는 그냥 누구라도 할 수 있는 잡담이다. 여기서 상대가 더 나가면 진짜 호감일 것이다.

강유진은 그렇게 생각하며 매니저 아가씨를 찬찬히 살펴봤다.

얼핏 보았을 때는 전체적으로 깔끔한 도시풍의 이미지를 가진 아가씨였다. 하지만 대놓고 자세히 보니 깨끗한 피부와 균형 잡힌

이목구비가 전형적인 도시의 미녀다. 촉촉하면서도 붉은 입술과 볼륨감 있는 가슴에서 느껴지는 건강미까지 도무지 흠잡을 곳이 없다.

"음, 연예계 종사자?"

"네? 연예계요? 전혀 아닙니다."

"와아, 정말 연예계 쪽 일하시는 분 같아요. 분위기도 좋으시고."

"하하! 그런 말 처음 듣습니다."

강유진이 모처럼 활짝 웃었다. 자신의 인생에서 그런 이야기를 듣게 될 줄은 몰랐다.

"제가 진짜 궁금해서 그러는데요. 혹시 저에게 호감 같은 거 보이시는 중인가요? 영화에서 나오는 그런 거 말입니다. 누구에게 이런 이야기를 들은 적이 없어서요."

"어머! 정말요? 아무리 그래도 그렇게 대놓고 물어보면 안 되는 건데."

"진짜 감동과 궁금함이 쓰나미로 밀려와서 그러는 겁니다."

"호홋! 쓰나미까지…… 진짜 재밌으신 분이세요."

"대답은요?"

"다음에 또 오시면 가르쳐드릴게요."

"아앗! 상술이었구나!"

말과 함께 강유진이 2,000원을 카운터에 올려놓았다.

혹시나 해서 물어본 자신이 바보 같다는 생각이 든다. 어쩐지 지금까지 누군가의 눈길을 끌어본 적이 없는데 웬일인가 싶었다.

"여기요. 또 오세요."

매니저 아가씨가 눈웃음을 치며 200원을 내밀었다.

"네, 수고하세요."

대충 인사를 하고 강유진이 돌아서려는 순간이다.

"명함 같은 거 없으세요?"

"명함요?"

"네, 요즘 하나씩 다 가지고 다니잖아요."

"저는 없는데요."

"에이, 그럼 안 되는데. 제가 손해를 본 셈 칠게요. 자요, 제 명함이에요."

매니저 아가씨가 노란색 명함 하나를 내밀었다.

강유진이 얼떨결에 명함을 받자 아가씨가 웃으며 말했다.

"여기는 이모네 가게라서 잠깐씩 봐주고 있어요. 저는 사회복지사예요."

"아!"

강유진이 명함을 받아 살폈다.

'해리아동복지회'라는 이름과 '사회복지사 김연하'라는 이름이 깔끔하게 인쇄되어 있었다.

"해리아동복지회면 일산에 있는 큰 재단법인 말인가요?"

"네. 일산에도 있고 서울에도 있고 그래요."

"좋은 일 하시네요. 어쩐지 분위기가 좀 깨끗하고 선량해 보이시더라."

"후훗, 그냥 선입견이에요."

"연하 씨는 거기서 무슨 일 하세요?"

"장애가 있는 분들 특수치료도 돕고 행사기획도 하고 그래요."

"와! 진짜 좋은 일 하시는구나!"

"에이, 일하는 게 다 좋은 거죠. 좋은 일이 따로 있나요."

"역시 훌륭한 생각이십니다."

강유진은 김연하의 말에 감탄했다.

사람의 외모가 타고난 대로 보여지는 게 아니라는 생각이 든다. 반듯한 생각과 착한 마음이 얼굴에 그대로 드러나니 말이다.

"그럼, 다음에 꼭 다시 들르겠습니다."

"네, 혹시 제가 여기에 없으면 꼭 연락주세요. 그럼 그때 답을 가르쳐드릴게요."

"무슨 답을?"

"어머! 조금 전에 호감이냐 아니냐를 물어보셨잖아요?"

"아! 하하! 알겠습니다. 그럼, 수고하세요."

강유진이 꾸벅 인사를 한 뒤에 문을 나섰다.

오랜만에 유쾌한 기분이 든다.

제2화

퉁챠오의 CEO

운동까지 마치고 원룸텔로 돌아와 컴퓨터를 켜보니 그사이에 세 명의 가입자와 두 개의 새 글이 있었다. 별다른 홍보도 없었는데 하루 만에 세 명의 가입자가 늘어난 것이다. 이제 서서히 홈페이지가 정상궤도에 들어서는 것일까? 강유진은 설레는 마음으로 새 글의 제목을 살폈다.

[해결사나 흥신소인가요?]

[떼인 돈 받아주세요.]

아무래도 느낌이 좋지가 않았지만 혹시나 하는 마음으로 클릭했다.

첫 번째 글은 자신을 이십 대 후반의 신체 건강한 젊은이라고 소개한 남자가 '혹시 힘쓸 일이 있으면 불러달라' 는 구직의 글이었다.

두 번째 글은 의뢰라기보다 '떼인 돈을 받아주면 30%를 주겠다' 는 제안이다.

두 개의 글 모두 자신이 하고자 하는 일과는 어울리지 않는 청탁 혹은 제안이라고 할 수 있었다.

강유진은 두 신입회원에게 정성들여 아케론닷컴의 설립 취지에 대한 안내글을 보냈다.

하지만 등록된 이메일 주소가 정확하지 않았던지 보내자마자 반송되었다.

멍한 표정으로 반송 안내 메일을 들여다보고 있는데 전화벨이 울렸다.

발신자 표시에 뜬 번호를 보니 자신이 모르는 번호다.

"네, 강유진입니다."

"허허! 강 선생, 저 산골소년입니다."

"네? 아, 네, 산골소년님이셨군요. 잘 지내셨지요? 어쩐 일로 늦은 시간에 전화를……."

"일전에 미국에 가서 사람을 좀 찾아달라고 하지 않았습니까? 기억나지요?"

"네, 그렇지 않아도 먼저 맡았던 한 가지 일이 마무리되면 바로 갈 참이었습니다. 그런데 다른 소식이 또 있나 보죠?"

"좋은 소식입니다. 미국에 가지 않으셔도 될 것 같습니다. 문 박사가 한국 시간으로 어제 저녁에 집으로 돌아왔다는군요. 방금 미국의 스카우터에게 연락을 받고 강 선생에게도 알려주는 겁니다. 괜히 미국의 일로 신경을 쓸까 봐서요."

"아! 다행이군요. 문 박사님은 어디에 계셨다고 하나요?"

"뭐 친구의 일로 급하게 어딜 좀 다녀왔다고 하는데…… 그게 좀 석연치는 않습니다. 그래도 일단 안전하게 귀가를 했으니까 나머지는 차차 풀어봐야겠지요."

"아무쪼록 계획하시는 일들이 잘되기를 바랍니다."

"감사합니다. 그런데 호텔에서 연락은 왔습니까?"

"아직 별 연락은 없었는데요."

"그렇군요. 직원 소양 교육을 먼저 끝내고 초대하려나 보지요. 알겠습니다. 그나저나 언제 식사나 한번 해야지요? 연락이 통 없던데."

"하하, 회장님과 제가 연인도 아닌데 헤어진 지 며칠이나 됐다고 또 봅니까? 조만간 연락드릴 일이 있을 것도 같으니까 기다려 보세요."

"푸허헛! 연인이라는 말은 이십 년쯤 전에 듣고 처음 듣는 소리군요. 알겠습니다. 그럼 좋은 소식 기다리고 있겠습니다."

"네, 좋은 밤 되세요."

전화를 끊으니 비로소 안도의 한숨이 흘러나온다.

문지용 박사가 무사히 돌아왔으니 이제 미국으로 가지 않아도 된다. 마음에서 딱딱한 돌덩어리 하나가 떨어져 나간 느낌이다.

강유진은 산골소년이라고 번호를 저장했다.

그리고 일찌감치 침대에 누웠다.

하지만 쉽게 잠이 오지 않았다. 마리나 미술관의 이운학 관장이 말한 사업계획 때문이다.

솔직히 미술관의 경비로는 아케론닷컴의 일을 잘 할 수가 없는 게 현실이다. 어디론가 갈 때마다 일해보안이나 넘버원의 신세를 질 수도 없었다.

이런저런 상황을 고려하면 뭔가 다른 일을 찾아야 할 때였다.

'아케론닷컴에 지장을 주지 않으면서 할 수 있는 일이라…….'

곰곰 생각해도 적당한 직업이 떠오르지가 않는다. 아니, 솔직히 그런 직장이 있을 리가 없다.

'만화에서처럼 탐정사무소를 차릴 수도 없고…….'

아직 한국은 국가에서 탐정을 인정하지 않는다.

그나마 비공인 탐정이 되는 절차도 까다롭다고 들었다. 형사로 몇 년 이상 근무하고 퇴직한 사람에게 자격이 주어진다고 했던가?

'무슨 방법이 없을까?'

머릿속에 잡념이 많아지니 괜히 잠자리만 불편해졌다.

이리저리 몸을 뒤척이던 강유진은 자세가 주는 안락함에 스르륵 선잠이 들고 말았다.

"그래서, 카론은 뭐가 하고 싶은데?"

샤이니가 배시시 웃으며 카론을 바라보았다.

카론은 상단과 함께 아수스 산맥을 횡단하던 때, 샤이니와 '어떻게 살 것인가?'를 두고 뜨거운 논쟁을 벌인 적이 있었다.

오파츠(OOPARTS, out of place artifacts)에는 카론이 의식적으로 남긴 정보만 담겨 있는 것은 아니었다. 비록 카론이 원한 것은 아니지만 무의식에 남아 있던 강렬한 기억까지도 전이가 되어 있다. 그런 이유로 카론의 생활이 종종 강유진의 꿈에 등장하기도 했다.

지금도 강유진은 비몽사몽(非夢似夢) 중에 기억의 파편을 보고 있었다. 이른바 '꿈속에서 꾸는 꿈' 같은 형식으로 말이다.

"어제 우리가 들렀던 '나그네를 위한 엄마손 음식점' 기억나지?"

"응."

"거기 퉁챠오(tōngcǎo)가 맛있더라고."

"그 곡식 가루를 반죽해서 가늘고 길게 자른 음식? 흥건한 국물의?"

"응, 국물 맛이 끝내줬잖아."

"그런데?"

"내가 하도 맛있어서 조리법을 좀 배워뒀거든."

"서, 설마……."

"나중에 퉁챠오 요리점을 내볼까 생각 중이야."

"카, 카론, 나는 마법사고, 너는 정령사잖아. 우리에게 그런 일이 어울린다고 생각해?"

"뭐 어때? 평생 상단을 따라 다닐 수는 없잖아."

"그야 그렇지만…… 요리점이라니……."

"맛있었잖아. 난 엄마 손맛은 모르지만…… 퉁챠오가 엄마 손맛이라는 데는 동의한다고."

"그건 그 음식점 요리사의 실력이 뛰어난 거지. 그 요리사라면 뭘 만들어도 엄마 손맛이 날걸?"

"아냐, 퉁챠오는 특별해."

"뜬금없이 퉁챠오 요리점이라니? 너는 언제나 네 생각만 하는구나."

갑자기 샤이니가 화를 냈다.

"응? 어떻게 살 거냐고 물은 건 샤이니 너라고. 나는 그냥 퉁챠오 요리를 만들어 파는 것도 좋겠다고 생각한 것뿐이야."

"그래, 그러니까 너는 네 생각만 한다고. 바보야."

"이런이런, 그렇게 말하면 섭섭하지. 네가 물어서 성실하게 대답한 죄밖에 없어. 어째서 그게 바보인 거야?"

"그래! 너는 퉁챠오를 만들어 팔아! 그럼 난 뭘 하지? 그릇을 닦아? 음식을 날라? 불을 피우고 하루 종일 국물을 끓여? 장차 대마법사가 되실 이 샤이니 님이 뭘 더 도와주면 되지? 말해봐!"

"그냥 넌 대마법사 해. 난 퉁챠오 요리사가 될 테니까."

"꺼져!"

샤이니가 화를 낸 것은 그날이 처음이자 마지막이었다.

당연히 그 뒤로 카론은 퉁챠오라는 이름을 입 밖에 꺼내지 않았다. 하지만 퉁챠오의 맛과 어머니의 향기는 하나로 뭉쳐, 기억되었다.

"으음…… 퉁챠오……."

강유진이 두 손으로 눈을 비비며 상체를 일으켜 세웠다.

자신은 알고 있다. 그날 카론이 퉁챠오 요리사가 되고 싶다고 한 것은 진심이 아니었다. 그냥 퉁챠오의 맛에서 아련히 느껴지는 엄마의 향기가 그리웠을 뿐이다.

카론은 상단을 따라다니며 퉁챠오를 끓여 먹을지언정 그것으로 음식점까지 차릴 사람이 아니다.

제국과의 전쟁은 카론의 모든 로망을 앗아가 버렸다.

얼마 지나지 않아 카론은 상단을 호위하거나 퉁챠오를 마음 편히 끓여 먹을 수도 없게 되었으니까.

“퉁챠오 요리점이라…….”

물론 조리법은 알고 있다. 오늘날로 치면 우동과 라면의 중간쯤 되는 위치다. 강력분 밀가루로 반죽을 하고 끓여 먹으면 된다. 국물이 좀 까다롭지만 만들지 못할 것도 없다. 게다가 꼭 퉁챠오의 맛을 그대로 재현해 내야 한다는 의무가 있는 것도 아니다. 어차피 국물의 재료가 다를 수밖에 없으니까, 비슷한 맛 이상은 기대하기 어렵다.

“퉁챠오 이동 요리점을 하면 되겠군.”

스낵카처럼 소형 트럭에 이동식 퉁챠오 요리점을 만들면 된다.

의뢰지역으로의 이동도 쉽고, 정 걸리적거리면 문 닫고 며칠 쉬어도 된다.

사장이 쉬겠다는데 누가 뭐랄까!

“흠! 그러고 보니 이거야말로 일석이조(一石二鳥)의 사업계획이네…….”

초기 자본도 적게 들어가고, 현대인의 입맛에 맞으면 의외로 대박이 날지도 모른다.

마음을 정한 강유진은 자리에서 벌떡 일어났다.

“잘하면 퉁챠오 체인점을 만들게 될지도 몰라! 이걸로 나도 CEO가 되는 건가!”

흥분을 가라앉힌 강유진은 서둘러 컴퓨터를 켰다. 그리고 기억이 나는 대로 레시피를 적어갔다.

레시피가 완성되자 한글을 켜고 '사업계획서' 를 만들기 시작했다.

영감을 받아 퉁챠오 스넥카의 사업계획서를 끝마치는 데 걸린 시간은 십 분.

프린터로 출력을 해서 손에 펼쳐 들고 읽으니 그럴듯하다.

"퉁챠오 스넥카 사업계획서라…… 좋아!"

신이 난 강유진은 저 혼자 '좋아! 완벽해!' 를 연발했다.

* * *

강유진은 아침에 출근하자마자 관장실로 들어갔다. 그리고 사업계획서를 정중하게 이운학 관장의 앞에 내밀었다.

이운학 관장은 갑자기 서류봉투를 받자 잔뜩 경계하는 얼굴이다.

"이게 뭔가?"

"일전에 말씀하신 사업계획서입니다."

"아! 빠르군. 알겠네. 오늘 읽어봄세."

"감사합니다."

강유진이 꾸벅 인사를 하고 나갔다.

잠시 망설이던 이운학 관장이 서류봉투를 개봉했다.

진중한 얼굴로 사업계획서를 읽던 이운학 관장의 입에서 한숨이 길게 흘러나왔다.

"이 사람이 진짜 부녀지간의 의를 상하게 하려고 작정을 했나……."

번듯한 사업을 구상해 오랬더니 스낵카를 하겠다고 디밀고 있다. 대기업 총무과에서 잘나가던 남자가 스낵카를 하겠다니? 그것도 메뉴가 '퉁챠오'라는 면식이란다. 요즘 하는 말로 듣보잡(듣지도 보지도 못한 잡것)의 엑기스라고 해도 과언이 아니다.

강유진이 스낵카를 하겠다고 하면 이지영은 미술관에서 사표를 쓰고 나갈지도 모른다. 자신이 강유진을 구박해서 퇴사한 것이라고 생각하면 그러고도 남는다.

"쯧쯧! 진짜 건실한 남자던지…… 병신이지……."

혀를 차던 이운학 관장은 놓친 게 있나 싶어 사업계획서를 다시 읽었다. 하지만 몇 번을 봐도 마찬가지다.

사업계획서에 담겨 있는 것은 간단했다.

사업개요, 분식시장분석, 이동식 스낵카의 현황과 분석, 특화메뉴, 운영계획, 출자금 100만 원에 투자금 700만 원이 내용의 전부다. 빼놓고 읽고 말고 할 것도 없다. 자신이 해줘야 할 부분은 투자금 700만 원이다. 그 정도 돈은 그냥 격려금 차원에서 줘도 된다. 지난번 미술품 도난 사건을 막아줬을 때 따로 포상하지 못했으니 아깝지도 않다.

문제는 700만 원이 아니라 -그 돈으로 중고차를 구입해서 해보겠다는- 요식업이다.

"미치겠다……."

피붙이가 아니라서 많이는 못해줘도 최소한 이십 억은 투자해 주려고 했다. 그런데 중고 스낵카 구입비로 700만 원을 투자해 달란다.

"하아! 이래서 적당히 욕심 있는 사람이 다루기 편하다니까……."

강유진은 욕심이 없다. 그래서 그를 곁에 두고 있으면 불편하다. 단순한 불편함이라면 내쫓으면 그만이다. 하지만 기분 좋은 불편함이라는 게 문제다. 그래서 그를 보고 있자면 '내보내고 싶은 마음'과 '곁에 두고 싶은 마음'이 항상 투쟁을 한다. 그러다 보면 결국 자신만 지치고 만다. 강유진은 가만히 있는데 자신만 '이럴까? 저럴까?' 고민하다가 진이 빠지고 마는 것이다.

어쩌면 셋째도 자신과 비슷한 상태인지도 모른다. 강유진은 생각 없이 제 길을 가는데, 혼자서 안달복달하고 있으니 말이다.

"하아! 평범하게 사업을 좀 해보란 말이다."

하지만 사업계획서를 보니 이미 평범하기는 그른 사람이다. 마음을 스낵카로 굳혔다면 돈이 모이는 대로 독립할 게 뻔했다. 이미 100만 원은 모은 것 같으니 길어야 육 개월이다. 육 개월 후면 스낵카를 차리겠다고 사표를 낼 것이다.

'천방지축인 지영이를 생각해서라도 투자로 엮어두는 것이 좋겠지……'

듣보잡 면식을 판다고 했으니 700만 원을 갚으려면 최소한 3년은 걸릴 것이다. 아니, 그전에 망할지도 모른다.

'망하려면 빨리 망하는 게 좋을 텐데…….'

그럼 다시 미술관으로 불러 총무라도 시키면 된다. 총무로 벌어 투자금을 갚으라고 하면 거절하지 못할 것이다.

이운학 관장의 마음속에서는 벌써 강유진이 스낵카를 말아먹고 총무로 와 있었다.

'나중에 총무 사무실은 자재 창고를 개조해야 하나?'

하지만 자재 창고는 외진 곳에 있어서 직원휴게실 분위기가 날 것 같다.

'아니, 여기를 조금 넓히고 책상 두 개를 놓을까?'

이운학 관장이 흐뭇한 눈으로 관장실을 둘러보았다.

일주일 정도 확장 공사를 하면 책상 두 개 비치하는 것은 일도 아니다.

'평생을 딸과 원수로 사느니 욕심 없는 아들 하나 더 키운다고 생각하는 게 나을지도…….'

요즘의 강유진은 이혼남이라는 생각이 들지 않을 정도로 젊고 생기가 있었다. 경비원 복장을 하고 서 있을 때면 무슨 영화배우를 보는 기분이 들 정도다.

다 늙은 자신에게도 그렇게 보이는데 남들 눈에는 오죽할까?

강남의 복부인들에게 마리나 미술관의 소문이 떠돌고 있는 것도 그런 이유에서일 것이다.

문제는 강유진에게 그럴 생각이 전혀 없다는 거다.

이운학 관장은 또 혼자서 이런저런 상상으로 분주해졌다.

요즘 이운학 관장은 '미술관의 운영' 보다 '강유진을 어떻게 하느냐' 를 두고 더 많은 시간을 보내는 것 같았다.

퇴근 무렵, 이운학 관장이 다시 강유진을 불렀다.

이운학 관장은 강유진이 자리에 앉자마자 수표가 든 봉투를 내밀었다.

"자네가 말한 700만 원일세."

"네? 벌써요?"

"놀라기는……. 어차피 급조한 사업계획서에 걸맞는 속도가 아닌가?"

"그, 그건 그렇습니다만. 절 믿고 이렇게 큰돈을 투자해 주신다니……. 아무튼 감사합니다."

강유진은 이운학 관장에게 진심으로 감사했다. 혈연관계로 엮인 것도 아닌데, 잘 모르는 처지에 700만 원이라는 거금을 선뜻 빌려주다니!

"조건이 있네."

"조건요?"

수표를 세어보던 강유진이 의아한 눈으로 이운학을 바라보았다.

"어렵지는 않을 걸세. 1년에 350만 원씩 갚아야 하네. 이자는 없어도 되니 원금만 갚게."

"아! 2년 안에 투자금을 갚으라는 말씀이신 거죠?"

"그렇네. 1년에 350만 원씩일세. 가능하겠는가?"

"1년에 순이익이 350만 원도 안 되면 장사를 하지 말아야지요. 당연히 그렇게 하겠습니다."

이운학 관장이 회심의 미소를 지었다. 저거야말로 원하던 대답이다.

"그럼 내년 11월 셋째 주까지 350만 원을 상환하지 못한다면 어떻게 할 텐가?"

"어떻게 해드리면 됩니까?"

강유진이 정중하게 되물었다.

상대가 자신에 대한 호의로 그런 말을 한다는 걸 아는지라 크게 불안한 표정은 아니다.

"그때는 두말하지 말고 미술관으로 복귀하게. 경비원이 아니라 자네의 경력을 살려서 총무 자리를 만들어 두겠네."

"……."

강유진은 잠시 망설였다. 돈을 말아먹은 것도 미안한데 총무로 다시 오라니? 이쯤 되면 상대의 저의가 뭔지 궁금해진다.

"관장님, 저에게 기대하는 거라도 있으십니까?"

"솔직히 모르겠네. 그냥, 자네가 꽤 괜찮은 남자라는 것까지만 인정하기로 했네. 아직은 그 이상도 이하도 아니네. 나는 언제 늙어 죽을지 모르는 돈 많은 늙은이에 불과하다네. 이런 내가 괜찮은 사람을 가까이에 두고 지켜보는 재미를 누리고 싶다면, 지나친 호사(豪奢)인가?"

"저는 평범한 사람입니다."

"평범하기란 쉬운 일이 아니지. 자신에 대한 확신이 부족하다면, 내 안목이 독특하다고 생각하게. 실패하면 총무로 돌아올 텐가?"

"……네, 반드시 성공하겠습니다."

"알겠네. 나는 자네가 성공하기를 바라네. 자네가 사업가로 성공하면 내가 셋째에게 시달릴 일도 없을 테니 그것도 좋겠지. 실패해도 자네를 불러들일 수 있으니 그것도 괜찮고. 이래저래 내가 손해 보는 거래는 아니로군. 허허허!"

"부족한 저를 좋게 봐주셔서 감사드립니다."

"인연이 좋았던 게지. 자네 덕분에 일해보안과도 편해졌으니까 후임자는 걱정하지 않아도 될 걸세. 원한다면 당장 내일부터라도 스낵카 사업을 준비해도 되네. 일해보안의 사장이 아무 때나 말만 하면 사람을 보내주겠다고 했었거든."

"그럼, 내일부터 정말 나오지 않아도 되는 겁니까?"

"관장이 그렇다면 그런 거지. 설마 큐레이터의 결제라도 받으려고 그런 소리를 하는 건가?"

"아뇨, 생각보다 빠른 전개라 제가 적응이 덜된 겁니다."

"나는 자네의 사업이 흥하든 망하든 속전속결(速戰速決)되기를 바랄 뿐이네. 그러니까 빨리 짐 싸 가지고 나가는 게 나를 돕는 걸세."

"그러시다면 오늘까지만 일한 것으로 하겠습니다."

"잘 생각했네."

고개를 끄덕이던 이운학 관장이 차용증을 꺼냈다.

"매사에 확실한 게 좋은 거니까."

"옳으신 말씀입니다."

강유진은 차용증을 꼼꼼이 읽어본 후에 서명했다.

잠시 후 차용증을 회수해 간 이운학 관장이 봉투 하나를 더 내밀었다.

"월급과 퇴직금일세."

"뭘 이런 걸 다……."

강유진이 봉투를 받아 품에 넣었다.

"자네, 그런 건 사양하지 않는군?"

"이건 정당한 제 몫이니까요."

"그렇군. 정당한 몫이라. 나도 이십 대 초반까지는 그런 마음으로 살았더랬지."

"관장님은 지금도 정당하게 벌고 계시지 않습니까?"

"나는 그냥저냥 시류에 맞게 버는 것뿐이네. 강남에서 유한마담

(有閑madam, 경제적 시간적 여유가 많아서 놀러 다니는 귀부인들)들을 상대로 하는 그림 장사에 정당함은 무슨."

"……."

이운학 관장은 짐짓 아무렇지도 않다는 듯 웃어 보였다.

"허허, 나 같은 사람이 있어야 자네 같은 사람도 더 빛나지 않겠나?"

"어이쿠! 별말씀을요."

"아무튼 잘해보게. 나도 자네 나이 때는 해보지 않은 장사가 없었으니까."

"와! 관장님이 장사를요?"

"그럼, 내 재산은 가만히 있는데 하늘에서 뚝 떨어져 내린 줄 아나? 내가 8남매 중에 장남이었어. 17살 때 배가 고파서 가출한 뒤로…… 살아보겠다고 별짓을 다했네. 개처럼 벌어서 정승처럼 쓴다는 말이 있지? 나 같은 사람을 두고 하는 말일세."

"존경합니다."

강유진이 머리를 꾸벅 숙여 보였다.

강남의 부자라고 무조건 색안경 끼고 보아온 게 미안해질 정도다.

"알면 됐네. 그만 가서 일보게."

"넵."

강유진은 이운학 관장에게 정중하게 인사를 한 뒤에 관장실을 떠나갔다.

홀로 남겨진 이운학 관장이 혀를 차며 중얼거렸다.

"쯧쯧, 순진한 사람 같으니. 현대 정주영 회장의 이야기를 해줬더니 저렇게 좋아하네……."

곧이어 이운학 관장은 사업계획서와 차용증을 주섬주섬 모아 서류봉투에 담았다. 셋째 딸과 화해하려면 없어서는 안 될 물건들이었다.

*　　*　　*

강유진은 미술관에서 퇴근하자마자 마트로 달려갔다. 일단 레시피대로 퉁챠오를 만들어봐야 하기 때문이다. 먹어본 적이 없지만 신기하게 퉁챠오의 맛은 기억하고 있었다. 정확하게는 카론의 기억에 남아 있는 퉁챠오의 맛이다.

퉁챠오의 재료는 몇 개 되지 않지만 장을 보는 것은 쉽지 않았다. 초고대와 현대의 요리에 사용하는 재료의 종(種)이 완전히 다른 까닭이다. 결국 맛과 냄새가 가장 비슷한 것을 찾아 대체해야 했는데, 그게 생각처럼 쉽지가 않았다.

그래도 한 시간 정도 재료와 소스를 둘러보니 어느 정도 원하는 것들을 찾을 수 있었다.

'휴! 퉁챠오가 간단한 면식이니 다행이지…….'

고작 다섯 개의 대체 재료를 찾는데도 등이 땀으로 범벅이다.

재료가 많았다면 대체 재료를 찾는 데만 며칠이 걸렸을지 모를 일이었다.

강유진은 재료를 들고 의기양양하게 원룸텔로 돌아갔다.

면은 도매상에서 구입하면 될 테니 이제부터는 국물 맛에 집중할 생각이다.

원룸텔로 돌아온 강유진은 주방에서 열심히 국물을 만들었다.

평소 라면과 우동, 짬뽕 등 면식을 좋아하던 강유진인지라 국물 맛을 내는 데 큰 어려움은 없었다. 다만 지금 만들어내는 국물이 퉁챠오의 맛과 거리가 멀다는 게 문제다.

"이게 아닌데…… 퉁챠오는 일본식 라면과 중국식 우동의 중간쯤 되는 것 같던데……."

하지만 자신이 만들어낸 것은 오뎅 국물 맛에 가깝다. 그냥저냥 입에 맞긴 한데 퉁챠오라고 할 수는 없었다.

"하아! 쉽지 않군."

"오빠, 이게 뭐예요?"

언제 왔는지 김민정이 코를 킁킁거리며 다가왔다. 분위기를 보니 저녁을 먹으려고 주방으로 나왔던 모양이다.

"어? 요즘 내가 신규 사업을 구상 중에 있거든."

"사업요?"

"응. 스낵카를 할 거야."

"엥? 그럼 경비는 그만두는 거예요?"

"응. 오늘 퇴사했어. 국물 맛만 제대로 나오면 바로 스낵카 살 거야."

"와아! 오빠 진짜 추진력 있다. 금방 뚝딱 해버리네? 그럼 지금 우동 국물 만드는 거구나?"

"그렇지."

"스낵카는 어지간히 잘 만들지 않으면 본전도 못 건질 텐데……."

"뭐, 안 팔리면 나라도 먹으면 돼."

"피이! 그래도 되기야 하죠. 돈 벌 생각만 없으면. 근데 맛있게 될 거 같아요? 라면? 우동? 뭐하시게요?"

김민정이 냄비 속을 기웃거렸다.

하지만 짙은 갈색의 국물만 흥건했다. 그것만으로는 강유진이 뭘 만들려는지 알 수가 없다.

"퉁챠오라고…… 내가 전에 배낭여행 다닐 때…… 외국의 어느 시골에서 맛있게 먹었던 요리야. 한국에는 없는 요리라고나 할까."

"퉁챠오요? 이름도 이상하네. 중국이나 베트남 쪽이에요?"

"아니, 유럽 쪽이었는데……."

"오! 유럽도 갔었어요? 오빠 진짜 대단하다. 난 제주도도 못 가 봤는데. 근데 유럽 쪽 이름이 퉁챠오라니…… 너무 재밌다."

"지금이야 바다로 갈려 있지만 옛날에는 지구의 땅덩어리가 하나였다잖아. 땅이 나누어지기 전에 언어나 문화 같은 게 전해졌을지도……."

"오빠, 내가 요즘 머리에 땀나게 국가고시 공부 중이거든! 인류의 출현이 몇만 년 전이라는데…… 땅덩어리가 하나인 시기는 그보다 훨씬 전의, 상상의 세계잖아."

"예를 들자면 그렇다는 거지. 내가 언제 그렇다고 했냐."

"애개? 변명? 비켜봐요. 국물 맛이나 좀 보게."

김민정이 강유진을 지나쳐 냄비 앞으로 다가갔다.

그리고 수저통에서 숟가락을 하나 꺼내 국물을 떠먹었다.

"음! 쩝, 쩝, 국물은 그냥저냥 맛이 나네요. 오빠, 전에 요리 공부 좀 했었나 봐요?"

"전혀, 라면과 우동을 좋아해서 엄청 많이 끓여 먹었어."

"그래서 그런가? 기본은 되네."

"너 말하는 걸 보니까 요리 좀 하나 본데?"

"고등학교 때 '실습실의 여왕님' 소리를 좀 들었죠."

"오! 실습실의 여왕님. 그 국물을 베이스로 깔끔하게 매운 맛을 첨가할 방법이 없을까요? 고춧가루나 청양고추 없이요."

"고추기름?"

"응? 그런 게 있어?"

"어머, 오빠! 고추기름 몰라요? 왜 육개장 국물 위에 보면 발그

스름하게 둥둥 떠다니면서 매콤한 맛을 내주는 거 있잖아요."

"앗! 그게 고추기름이었구나! 그거 아주 좋겠는데!"

김민정이 고개를 설레설레 저었다.

"아니, 고추기름도 모르는 사람이 무슨 스낵카를 한다고……."

"민정아, 사람은 자기에게 꼭 필요한 것만 알고 살면 되는 거야. 고추기름 모르고 살았지만 전혀 불편하지 않았거든!"

"하긴, 지금 국물도 그냥저냥 맛깔 나는 거 보면…… 오빠 참 재주도 좋다."

"험, 험, 요즘은 정보시대라고. 지식검색 '네이웃'이 있잖냐. 거기 검색하니까 국물 맛 내는 비법만 수십 개가 뜨더라."

"이론적으로 아는 거랑 그 맛을 재현해 내는 거랑은 다르거든요. 오빤 요리 재주가 있는 거예요."

"그, 그런가?"

강유진이 머리를 긁적였다.

평소 요리를 잘한다고 생각해 본 적은 없다. 하지만 이번에 퉁챠오 국물을 만들면서 깨달은 게 있다. 그건 의외로 요리가 쉽더라는 것이다. 미묘한 맛의 차이도 단박에 알아내 조절이 가능했다. 그게 아니라면 처음 만들어본 국물의 맛이 괜찮았을 리가 없다.

'타이탄의 권능이 들어온 후에 생긴 변화인지도…….'

새삼 카론에 대한 고마움이 밀려온다. 카론과의 만남이 아니었다면, 자신은 지금쯤 골방에서 백골로 변해가고 있었을 것이다.

"퉁챠오는 언제 만들 거예요?"

"왜?"

"팔기 전에 시식을 해봐야죠."

"음, 내일 저녁때 만들어줄 테니까 한번 먹어봐라."

"알았어요. 내일 저녁, 약속했어요!"

"약속은 무슨 약속. 시식이라니까."

"시식이래도 저녁으로 먹는 거니까 저녁 약속이죠. 9시, 오케이?"

"그래, 약속했다."

강유진의 말이 끝나기가 무섭게 한 남자가 끼어들었다.

"아저씨, 무슨 사업한다고요?"

"어? 어……."

강유진이 어색하게 웃으며 고개를 끄덕였다.

갑자기 등장한 거구의 남자는 23살의 백수 박철곤이다. 틈만 나면 해대는 고교 시절의 주먹자랑으로 -원룸텔 식구들 사이에- 기피대상 1호로 자리매김한 남자이기도 하다. 그는 경찰시험을 준비하다가 김민정을 만난 뒤로 9급 공무원 시험으로 진로를 바꾼 귀가 얇은 사내였다.

"그래, 조만간 스낵카 사업을 하려고 준비 중이야."

"아, 저게 바로 그 국물?"

건들거리는 걸음으로 다가온 박철곤이 숟가락을 들어 올렸다.

"맛 좀 봐도 되죠?"

박철곤은 강유진의 대답을 기다리지도 않고 냄비를 휘휘 저었다.

"에이, 냄새는 별로네. 색깔도 시원치 않고."

"설마 너도 음식의 달인이냐?"

"쳇! 내가 해장으로 먹은 국물만 한 번에 풀어도 잠수교가 잠깁니다. 이건 냄새부터가 별루네. 우동도 아니고, 라면도 아니고…… 뭐야 이거."

박철곤이 입맛 떨어진다는 표정으로 숟가락을 내려놓았다.

가만히 보고 있던 김민정이 냉랭하게 쏘아붙였다.

"아저씨! 퉁챠오 컨셉이 원래 우동과 라면의 중간이래요. 내가 먹어보니까 담백하고 괜찮던데 무슨 소리를 하시는 거예요!"

"야! 이 아저씨한테 오빠라고 그러면서, 나한테는 왜 아저씨냐? 내가 저 아저씨보다 십 년은 더 젊은데. 진짜 너무하네."

"흥! 거울을 보면서 말씀을 하세요, 아저씨. 아저씨는 술과 담배에 쩔어서 사십 대로 보인다고요. 우리 오빠랑 아저씨랑 같이 있으면 삼촌이랑 조카로밖에 안 보여요!"

"와! 진짜 말 심하게 한다. 저 아저씨 겉만 보고 넘어가면 안 돼. 저런 아저씨들 사생활이 얼마나 복잡한지 너는 몰라. 이혼은 괜히 한 줄 아냐?"

"……."

당황한 김민정이 어쩔 줄 몰라 하며 강유진을 바라보았다.

강유진이 돌싱(돌아온 싱글)인 것은 원룸텔의 총무를 통해 알려졌다. 총무가 사석에서 무심코 한 이야기가 돌고 돌았던 것이다. 하지만 강유진과 친한 사람이 거의 없다 보니 강유진에게 대놓고 그런 말을 하는 사람이 아직 없었다.

그런데 지금 박철곤이 느닷없이 이혼남이라는 말을 입에 올린 것이다. 그것도 상당히 비꼬는 듯한 말투로 말이다.

"아저씨, 말이 너무 심한 거 아니에요?"

김민정이 발끈해서 대신 화를 냈다.

하지만 질투에 눈이 먼 박철곤은 그런 김민정 때문에 더 멈출 수가 없었다.

"민정아, 진짜야. 내가 전에 경찰시험 준비하면서 들은 이야기인데 소년원이나 교도소 가면 순진하게 생긴 남자들이 간혹 보인대. '저런 사람들이 왜 잡혀왔나?' 궁금해서 교도관에게 물어보면 거의 대부분이 성폭행범이나 강간범이래. 알겠냐? 보이는 게 다가 아니라고."

"아! 진짜! 이상한 아저씨야. 오빠, 기분 나빠서 저 먼저 갈게요. 내일 봐요."

"어, 그래. 잘 가라. 도와줘서 고맙다."

"네."

김민정이 사라지자 강유진은 냄비의 국물을 싱크대에 쏟아부었다.

분위기가 이상해지는 바람에 더 이상 흥이 나지 않은 것도 있지만, 합기도장에 가야 할 시간도 가까웠기 때문이다.

자기 때문에 판이 깨졌다고 생각한 박철곤이 어색하게 웃으며 말을 건넸다.

"아저씨, 끝난 거예요?"

"응."

"내가 한 말 기분 나쁘게 받아들이지 마세요. 모두 농담이니까요. 아저씨가 강간범이라는 말은 아니에요. 알죠?"

강유진은 피식 웃으며 돌아섰다.

아무래도 이 박철곤이라는 백수는 자신의 잘못이 뭔지도 모를 정도로 개념이 없는 것 같았다. 이런 사람을 상대로 말을 섞어봤자 머리만 아플 뿐이다.

"어? 가요? 밥 안 먹어요?"

"외식할 거야."

"얼~ 돈 좀 벌었나 봐요? 사업에 외식까지."

"나는 누구와 달리 건실한 사회인이니까."

강유진이 여유 있게 손을 흔들어 보인 후 걸어갔다.

그런 강유진의 뒤통수를 노려보던 박철곤이 들으라는 듯 중얼거렸다.

"아! 씨발! 나도 외식이나 할까?"

멀어져가던 강유진이 멈칫거렸다.

아무래도 씨발이라는 말이 자신을 향해 한 소리 같다고 느낀 탓이다.

돌아선 강유진은 다시 박철곤에게로 다가갔다.

"인마, 너 지금 나한테 한 소리야?"

"예? 뭐요?"

박철곤이 찔끔 놀란 얼굴로 되물었다. 만만해 보이던 상대가 갑자기 강하게 나오자 −미처 예기치 못한 반응에− 당황한 것이다.

"이 자식이…… 지금 씨발 어쩌고 했잖아. 그거 나 들으라고 한 소리냐고."

강유진이 낮게 소리를 깔며 박철곤을 노려보았다.

이전 같았으면 못 들은 척 흘려버렸을지도 모른다. 하지만 지금은 그러고 싶지도 않았고, 그럴 이유도 없었다.

참고 있을 때는 괜찮았는데 일단 화를 내기 시작하니 −이혼남이니 뭐니 할 때부터 눌러두었던− 감정이 일시에 폭발해 버렸다.

강유진의 눈에서 퍼런 빛줄기가 쏟아져 나왔다.

박철곤은 그런 강유진의 눈빛에 질려 슬그머니 시선을 돌렸다.

"어? 아니에요. 그냥 혼잣말로 그런 거예요. 욕이 입에 붙어서. 진짜 아니에요."

"아니라니까 봐주겠는데…… 다음부터는 너보다 나이 많은 분들 앞에서 입 조심해. 알았냐?"

"……네."

그제야 강유진이 다시 돌아서 방으로 갔다.

박철곤은 강유진이 사라진 뒤에도 한참 동안 멍한 얼굴이었다.

"뭐야, 씨발, 내가 왜 쫄았지?"

제정신이 들자 박철곤은 눈싸움에서 진 게 분한 듯 씨근덕거렸다.

"저 씨발 XX가! 진짜! 나이 처먹었다고 봐주니까, 세상 무서운 걸 모르네. 아! 진짜, 미치겠네!"

박철곤이 눈알을 희번덕거리며 주방을 뱅뱅 돌았다. 생각할수록 분하고 열이 뻗쳐서 가만히 있을 수가 없다.

그래도 이미 상대는 사라진 뒤였다.

박철곤은 정수기에서 냉수를 받아 벌컥벌컥 마신 뒤에야 겨우 부글거리던 마음을 가라앉힐 수 있었다.

"젓 같은 새끼, 다음에 한번 제대로 걸려봐. 아주 아작을 내줄 테니까."

뼈에 사무치는 박철곤의 독백이 주방을 가득 메웠다.

제3화

경찰 불러!

다음 날 강유진은 느지막이 송파로 나갔다. 인터넷의 중고 거래 사이트에 개인이 올린 스낵카를 보러 가기 위해서다.

약속 장소인 송파구청 앞으로 가니 벌써 붉은 스낵카가 나와 있었다.

관리를 잘했는지 전체적으로 깨끗해 보인다.

강유진이 만족스러운 표정으로 스낵카에 다가갈 때다.

검은 뿔테 안경의 사내가 운전석에서 나오며 손을 흔들었다.

"강유진 씨?"

"네, 저랑 만나기로 한 스낵카 주인 맞으시죠?"

"네, 최민수입니다."

"와! 유명하신 분이군요. 반갑습니다."

"하하, 그런 말 자주 듣습니다. 찬찬히 둘러보세요. 아마 마음에 드실 겁니다."

"한눈에 봐도 깨끗한데요."

강유진이 차를 꼼꼼히 둘러보자 최민수가 따라다니며 설명을 했다.

"차는 좀 오래됐지만, 스낵카로 제작한 지 이제 한 달 조금 넘었습니다. 내부를 원목으로 다 둘러서 고급스러운 느낌이 납니다. 면식만 전문으로 하실 거라니 안성맞춤일 겁니다."

"한 달이면 진짜 아깝겠어요."

"좀 그렇죠. 갑자기 일을 도와달라는 사람이 있어서 급하게 정리하는 거예요. 그게 아니면 장사를 더 했을 텐데……."

"그렇군요."

강유진이 고개를 끄덕이며 운전석으로 이동했다.

직접 설계하고 제작했다는 짐칸 조리대의 구조는 마음에 든다.

이제 가장 중요한 차의 상태를 살펴보고, 별 이상이 없어 보이면 계약할 생각이었다.

강유진이 운전석에 올라타자 최민수가 다시 설명을 시작했다.

"2006년 하이포터형이구요. 순정 리모콘, 열선 미러, 자동 미러, 우드 그레인입니다. 이제 5만 5천 키로 뛰었습니다. 차는 저도 5만 키로 때 중고로 산 건데요, 동네 단골 정비소에서 주행 계기판이 조작된 거 같지는 않다고 하더라고요. 운행해 보시면 알겠지만 아주 잘 나갑니다. 그동안 잔고장도 없었고요. 이거 진짜 명품입니다. 승차감이 벤츠 같아요."

"한 바퀴 돌아도 되죠?"

"네."

최민수가 재빨리 조수석으로 올라탔다.

강유진은 차분하게 스낵카에 시동을 걸었다.

…….

차는 사륜구동에 비하면 믿을 수 없을 만큼 고요했다.

강유진은 시동이 걸리지 않은 줄 착각하고 키를 한 번 더 돌렸다. 사륜구동을 끌고 다니다가 들어버린 고약한 습관이다.

끼리리릭.

최민수가 의아한 눈으로 쳐다보았다.

강유진이 얼굴을 붉히며 변명처럼 말했다.

"차가 너무 조용해서요. 시동이 안 걸린 줄 알았습니다."

"벤츠라니까요."

"아, 네."

스낵카가 송파구청을 천천히 한 바퀴 돌았다.

잠시 후, 스낵카를 처음의 자리에 주차시킨 강유진이 최민수에게 말했다.

"마음에 듭니다. 사겠습니다."

"지금 계약하고 등록하실 건가요?"

"그러죠. 송파구청 앞이니까 한 방에 다 끝내죠 뭐."

강유진은 첫눈에 보고 마음에 들었던 스낵카를 구입하기로 했다.

최민수와 함께 계약서를 쓰고 등록을 마치기까지 삼십 분 정도가 걸렸다.

거래가 끝나자 최민수는 '성공하세요' 라는 인사를 남기고 돌아섰다.

그리고 마치 무거운 짐이라도 떠넘긴 사람처럼, 단 한 번도 뒤돌아보지 않고 빠른 걸음으로 떠나갔다.

그래서일까?

문득 최민수가 지고 있던 짐이 자신에게로 넘어온 듯한 느낌이 든다. 이런 것이 CEO가 지고 가야 하는 책임이라면 마다하지 않으리.

아이처럼 들뜬 마음으로 운전석에서 계기판을 매만지던 강유진이 '아!' 하며 머리를 툭 쳤다.

"먼저 사륜구동을 팔거나 폐차시켰어야 하는데……."

엔진도 이상하고 소음도 심해서 처분할 생각이었는데 차일피일 미루다 보니 졸지에 차 두 대의 주인이 되고 말았다.

"이거 때문에 세금 폭탄 맞으면 안 되는데……. 오늘 중고차 시장에 내놓으면서…… 겸사겸사 정우라는 녀석도 좀 찾아볼까나."

스낵카가 미끄러지듯 도로 위로 나아갔다.

*　　*　　*

강유진이 동대문역사문화공원역 12번 출구로 나온 것은 12시가 조금 넘은 시간이다.

지금 강유진의 주머니 안에는 현금 40만 원이 들어 있었다. 스낵카를 사고 남은 돈이 아니라 조금 전 장안평에 사륜구동을 내다 판 값이다.

강유진은 12번 출구로 나오자마자 품속을 더듬었다.

묵직한 느낌이 전해진다.

시원섭섭하면서도 뿌듯한 묘한 기분이 든다.

자동차 매매상에서는 '폐차 직전의 차를 사면 안 되는데' 라며 앓는 소리를 했지만, 결국 40만 원에 샀다. 그 차는 간단한 수리를 거쳐 누군가의 손으로 넘어갈 것이다. 그리고 얼마 지나지 않아 다시 경운기 소리를 낼지도 모른다.

"인생은 그렇게 돌고 도는 거지……."

굉음을 내던 사륜구동이 인생에서 사라졌다고 생각하니 앓던 이를 뺀 것처럼 후련하다. 그래서일까? 장안평을 떠날 때는 뒤도 돌아보지 않았던 것 같다.

"2호선 12번 출구면 여기가 맞는데……."

강유진이 명함을 꺼냈다.

태성실업이라는 회사명과 을지로 6가 라는 간단한 주소가 보였다.

장안평에서 태성실업에 전화를 했을 때 '2호선 12번 출구로 나와서 러쉬빌딩을 찾으라' 고 했다. 하지만 주변을 둘러봐도 러쉬빌딩은 보이지 않았다.

"아! 한 블럭 안쪽이라고 했었지……."

중얼거리던 강유진은 편의점을 끼고 골목 안으로 들어갔다.

식당가를 지나니 크고 작은 가게가 즐비하게 늘어서 있다. 마치 영화의 세트장 속으로 들어온 것 같은 느낌이다. 따지고 보면 모두가 눈에 익은 것들인데, 어찌 된 일인지 곳곳에서 들려오는 한국어조차 낯설게 느껴졌다.

짐을 가득 실은 자전거와 오토바이가 쉬지 않고 오간다.

사람과 자전거와 오토바이 사이를 요리조리 피하며 안으로 들어가던 강유진의 걸음이 우뚝 멈췄다.

멀리 허름한 회색 빌딩의 옆면에 러쉬빌딩이라는 글자가 보였던 것이다.

"저긴가?"

러쉬빌딩으로 다가가니 그제야 이층 창가에 코팅된 '태성실업' 이라는 이름이 보였다.

좁고 곰팡이 냄새 나는 계단을 올라갔다.

두 번쯤 모퉁이를 돌자 굳게 닫힌 강철문이 나타났다.

"어우! 야……."

강철문 앞에 있는 100리터짜리 쓰레기 봉지 두 개에서 악취가 진동을 했다. 지금이 제법 쌀쌀한 11월 말임을 감안하면 얼마나 묵힌 쓰레기인지 알 만하다.

강유진이 인상을 찡그리며 강철문으로 다가갔다.

강철문의 중앙에 조악하게 만든 아크릴판이 붙어 있다. 그 안에 적힌 상호는 확실히 '태성실업' 이었다. 제대로 찾아온 모양이다.

탕탕탕.

강유진이 가볍게 문을 두드렸다.

"들어오쇼."

강철문 안쪽에서 젊은 음성이 들려왔다.

강유진은 강철문을 열고 안쪽을 들여다보았다.

20평쯤 되는 사무실 한쪽 벽면에 중역용 책상세트가 하나, 그리고 중앙에 낡은 소파가 전부였다.

소파에서 포커를 치던 청년 중 하나가 대뜸 물었다.

"뭐요?"

아직 고등학생 같아 보이는데 입가에 물린 담배와 시니컬한 표정은 사십 대에 육박했다.

"조금 전에 전화한 사람입니다. 이정우 씨를 찾아왔는데요."

"정우 형님은 왜 찾으쇼?"

21살짜리 이정우에게 형님이라고 하는 것을 보니 확실히 어린 녀석이다. 그런데 분위기는 여전히 사십 대다.

어린 녀석의 노숙한 언행(言行) 사이에서 강유진이 잠깐 다른 생각을 하고 있을 때다.

청년이 카드를 엎고 자리에서 일어섰다.

"형씨, 무슨 일로 정우 형님을 찾느냐고!"

"아, 이정우 씨 어머니의 부탁으로 찾아왔습니다."

"어디 아프쇼?"

"누가요?"

"정우 형님 엄마가 아프냐고!"

"아닙니다."

"그럼 왜 찾는 건데?"

"그건 본인에게 이야기를 해야 합니다."

청년이 강유진의 아래위를 사납게 훑어본 후 다시 자리에 주저앉았다.

"거기 앉아서 기다리든, 이따가 다시 오든 알아서 하쇼."

"어디 갔습니까?"

"다른 형님들과 함께 병원에 갔는데 점심시간 됐으니까 곧 오실 거요."

"알겠습니다."

강유진은 사무실 한쪽 벽에 우두커니 섰다.

네 명이 피워대는 담배에 사무실 안은 너구리 굴 같았다.

이십 분 정도 서 있자 담배연기에 머리가 지끈거린다.

"저는 이따가 다시 오겠습니다."

"……."

포커를 치느라 정신이 팔린 청년들은 아무도 대답하지 않았다.

강유진은 고개를 설레설레 저으며 밖으로 빠져나왔다.

계단에 서 있으려니 이번에는 악취가 밀려왔다.

결국 강유진은 러쉬빌딩 밖으로 나가는 수밖에 없었다.

러쉬빌딩 밖으로 나오자마자 전화벨이 울렸다.

휴대전화를 꺼내 보니 뜻밖에도 이극렬 경위의 전화였다.

"여보세요? 경위님이신가요?"

"아! 네, 저, 이극렬입니다. 강 선생님, 잘 지내셨습니까?"

"네, 저야 잘 지내죠. 어쩐 일이십니까?"

"어쩐 일은요. 그냥 생각이 나서 걸어봤습니다."

"몸은 좀 어떠세요?"

"어깨에서 총알 빼낸 것 빼면 그냥 몸살감기 앓고 있는 기분입니다."

"하하! 멋지십니다."

"멋은요. 서울로…… 올라가셨죠?"

"네, 일해야 하니까요."

"그렇죠. 일…… 그런데 정말 경비…… 맞습니까?"

"아뇨, 어제 사표 냈습니다. 관장님이 새 사업을 해보라고 투자를 좀 해주셨어요. 지금은 새로운 사업을 준비 중에 있습니다."

"아! 사업입니까? 역시! 어떤 업종이죠?"

"스낵카요."

"……네? 제가 잘 못 들었습니다."

"스낵카요. 왜 길거리 가다 보면 사람들 번화한 곳에 차 대놓고 오뎅이나 라면, 우동 같은 거 팔잖아요."

"아! 스낵카요? 단속에 잘 안 걸린다는 이동식 노점요?"

"네, 그 단속에 잘 안 걸린다는 스낵카 맞습니다."

"아…… 스낵카…… 스낵카를 하시려는 거구나……."

"왜요?"

"아뇨, 좀 뜻밖이라서요. 저는 강 선생님이 다른 큰일을 하실 줄 알았습니다."

"스낵카도 제법 큰일이에요. 혼자 다 해야 하는데…… 이거 절대 쉽지 않습니다. 만만하게 보시면 안 돼요."

"만만하게 보는 건 아니고요. 네, 스낵카…… 대단하십니다. 그런데 어디서 하시려고요?"

"앗! 단속 보내려고 그러시는 거죠?"

"하하, 절대 아닙니다. 제가 한번 찾아뵙고 인사라도 드리려고 그러는 겁니다."

"네? 웬 인사요?"

"그날…… 강 선생님이 임 박사님을 구해주지 않으셨습니까? 그 인사죠 뭐."

"에이, 그거야 제가 하기로 한 일이었는데요 뭐."

"아닙니다. 덕분에 저도 일계급이나 특진하게 됐습니다. 그래서 강 선생님에게 인사를 드리려고 그러는 겁니다."

"와아! 일계급 특진요? 그럼 경감?"

"네. 그렇게 됐습니다."

"우와! 영광입니다. 제가 아는 공무원 중에 이 경감님이 가장 고위직이십니다."

"하하, 영광까지야…… 모두 강 선생님 덕분입니다."

"아니죠. 이 경감님이 뛰어나신 겁니다. 앞으로 잘 부탁드립니다."

"별말씀을…… 부탁은 제가 드려야지요."

"에이, 스낵카 사장에게 부탁할 일이 뭐가 있다고……. 저는 장사하다가 단속에 걸리게 되면 이 경감님을 팔아먹을지도 모릅니다."

"하하! 그런 거라면 얼마든지 좋습니다. 제가 바로 달려가서 해결해 드리겠습니다."

"감사합니다. 저 빈말 아닙니다."

"저도 진심으로 드리는 말씀입니다."

"아무튼 감사합니다."

대충 이야기가 끝났다 싶은 순간, 이극렬 경위가 다시 물었다.

"그럼, 언제쯤 제가 찾아뵐까요?"

"네? 정말 오시게요? 아직 병원 아니세요?"

"병원입니다만 몸이 많이 좋아져서…… 이젠 외출도 가능할 정도입니다."

"무리하지 않으셔도 되는데요."

"하하, 움직일 만하니까 움직인다는 겁니다. 괜찮은 날이 언제인지나 말씀해 주십시오."

"저는 요즘은 아무 때나 괜찮아요. 저녁 9시 전까지면…… 요일 관계없이 항상 널널합니다."

"그럼 제가 컨디션 좋은 날 서울에 올라가서 다시 연락드려도 되겠습니까?"

"네."

"알겠습니다. 그럼 수일 내로 찾아뵙겠습니다."

"네, 몸조리 잘하세요."

전화를 끊고 생각해 보니 이극렬 경위가 지나치게 정중했다는 생각이 든다.

아니, 정중이 아니라 자신을 어려워하는 것 같지 않은가?

'나를 어려워하나?'

이극렬 경위에게 결정적인 정보를 제공하기는 했다. 하지만 총상을 입은 몸으로 인사를 올 정도는 아니지 않은가?

총격전이 일어나던 그날 밤 이극렬 경위와는 마주치지도 않았다.

아무리 생각해도 이극렬 경위가 저자세로 나오는 이유를 알 수가 없었다.

"뭐, 만나보면 알겠지……."

휴대전화를 끄는데 배에서 꼬르륵 소리가 났다. 그러고 보니 바쁘게 돌아다니느라 아직 점심도 먹지 않았다.

"일단 먹자."

강유진은 식사 후 다시 태성실업으로 찾아갔다.

그동안 눈과 귀에 익숙해졌는지 -바쁘게 오가는 사람들과 전체적으로 추레한- 풍경이 낯설지 않았다.

어쩌면 식당에서 식사를 하는 동안 자신도 그들 중의 일부로 녹아들었는지 모를 일이다.

이 동네에 방금 온 사람에게는 -태연하게 식당문을 열고 나오는- 자신도 꽤나 낯설게 보였을 것이다.

그렇게 생각하니 괜히 웃음이 나온다.

태성실업에 갔지만 병원에 갔다는 형님들은 오지 않았다.

결국 강유진은 한쪽 벽 쪽에 우두커니 서서 청년들이 치는 포커판을 구경하기로 했다.

"3줄(3.3.3) 이기면 가져가."

"그럼 내 꺼네. 난 자집(J 풀 하우스)"

"씨발. 젓같이 안 되네."

"아, 난 갑자기 존니 잘 붙네."

"진짜, 명국이 아까 부랄 만지고 오더니 겁나 잘 선다."

"그러게. 나도 화장실 좀 갔다 올까."

네 명의 청년이 시시덕거리며 카드를 다시 돌릴 때다.

갑자기 문이 벌컥 열리는가 싶더니 다섯 명의 사내가 우르르 들어왔다.

포커판을 벌이고 있던 청년들이 급하게 일어섰다.

"큰형님 오셨습니까!"

"큰형님 오셨습니까!"

"큰형님 오셨습니까!"

뒤늦게 카드판을 정리한 명국이 친구들 옆에 나란히 섰다.

나이가 제법 들어 보이는 사내가 중역 책상으로 성큼성큼 걸어갔다.

사내가 앉자 그와 함께 들어온 네 명의 남자도 소파에 엉덩이를 파묻었다.

중역 책상에 앉은 사내가 뒤늦게 강유진을 발견하고 물었다.

"저건 뭐야?"

순진해 보이는 강유진을 삐끼쯤으로 생각했던지 사내의 말은 처음부터 곱지가 않았다.

명국이라고 불린 청년이 재빨리 나섰다.

"큰형님, 정우 형님을 만나러 온 사람입니다."

"정우?"

큰형님이라는 사내가 소파에 앉는 남자를 힐끔 바라보았다.

"정우야, 너 찾아왔다는데? 아는 사람이냐?"

소파에 앉아 있던 남자 중 하나가 강유진을 힐끔 쳐다보았다.

어디선가 본 듯한 얼굴인데 아는 사람은 아니었다.

"모르는 사람입니다."

큰형님이라는 사내가 이정우에게 턱짓을 보냈다. 가서 무슨 일인지 알아보라는 뜻이다.

이정우가 자리에서 일어나 강유진에게 다가갔다.

"누구요?"

강유진의 시선이 '정우'라는 남자와 '팔에 깁스를 한 세 남자' 사이를 오고 갔다.

'이런! 며칠 전에 지하철에서 소매치기하던 놈들이잖아?'

확실히 깁스를 한 셋은 칼질을 하다가 팔이 부러진 놈들이었다.

정우라는 남자를 다시 보니 칼만 빼들고 휘두르지 않아 무사히 달아날 수 있었던, 운 좋은 녀석이다.

갑자기 한숨이 흘러나왔다.

김정숙 씨가 찾고 있는 아들이 지하철 소매치기였다니!

"어머니 부탁으로 왔습니다."

"어머니?"

이정우가 인상을 찡그렸다.

"씨발, 꺼져!"

"……."

강유진은 이정우의 갑작스러운 반응에 움찔 놀라고 말았다.

"귓구멍 처막혔냐? 꺼지라고, 새끼야!"

"그래도 김정숙 씨가……."

"이 씨발 XX가…… 꺼지라면 꺼지지 뭘 말이 많아!"

이정우가 강유진에게 눈알을 부라렸다.

"……."

하지만 강유진은 이정우의 말과 이어지는 행동에서 이질감을 느꼈다.

말은 잡아먹을 것처럼 험했지만 그뿐이다. 오히려 눈짓으로 뭔가 신호를 보내고 있지 않은가! 그것도 필사적으로 말이다.

'빨리 나가라고?'

강유진은 호기심을 참지 못하고 묻고 말았다.

"그러니까 그냥 나가라고? 내가 나가면 따라 나올 거냐?"

이미 상대의 나이가 21살밖에 안 된다는 것을 알고 있을 뿐 아니라, 그 어린 녀석이 욕까지 해대는지라 강유진도 거칠 게 없었다.

"뭐, 뭐?"

이정우가 황당한 표정으로 눈을 끔뻑였다.

조폭의 소굴에 어머니 심부름이라고 들어와서 이 무슨 죽지 못해 안달난 소리란 말인가?

이정우가 잠시 공황상태에 빠져 있을 때다.

중역 의자에 앉아 있던 '큰형님'이 신경질적으로 말했다.

"남의 사업장에 와서 소란 피우는 저 새끼 뭐야? 정우야, 그 새끼 이리 끌고 와봐."

이정우가 강유진의 뒷덜미를 잡아 문 쪽으로 밀고 가며 말했다.

"형님, 이 새끼 아무것도 아닙니다. 그냥 제가 손 좀 보고 쫓아낼게요. 이거 그냥 병신이에요. 똥인지 된장인지 먹어도 모를 놈이에요."

이정우가 강유진을 끌고 강철문으로 몇 걸음 내딛을 때다.

"야! 씨발 XX야! 내 말이 말 같지 않아? 정우, 너! 이 새끼! 너부터 이리 와!"

큰형님이 버럭 소리를 내지르며 재떨이를 던졌다.

쾅.

유리로 만든 재떨이가 강철문에 맞아 박살났다.

"예? 예! 형님!"

놀란 이정우가 황급히 손을 놓고 중역 책상 앞으로 달려갔다.

순간 큰형님이 책상에서 튀어나와 이정우의 얼굴을 후려쳤다.

철썩.

이정우가 휘청거리며 물러섰다.

큰형님이 거칠게 따라붙으며 주먹을 날렸다.

퍽퍽퍽.

“이 개XX야! 내가 저 병신을 끌고 오라면, 넌 그냥 끌고 오면 돼! 내가 끌고 오랬는데, 네가 뭔데 그냥 내보내? 네가 내 형님이냐? 내가 네놈 동생이냐고!”

“윽, 아닙니다!”

퍽퍽.

“아닌데 왜 내 말을 안 들어, 개XX야!”

퍽.

이정우가 머리를 감싸 안고 바닥을 굴렀다.

큰형님은 한참을 때리고도 분이 안 풀리는지 옆에 있던 골프채까지 뽑아들었다.

“이 개XX가 일할 때도 몸 존나 사린다고 하더니! 이제 보니까 순 병신이야! 우리가 순두부 만드는 회사인 줄 알아? 아무 새끼나 와서 껄떡여도 그냥 순순히 보내줘? 이 병신 XX야! 너 같은 새끼는 인격 개조를 먼저 해야 돼!”

말과 함께 큰형님이 머리 위로 골프채를 들어올렸다.

큰형님이 막 골프채로 풀스윙을 하려는 순간이다.

강철문 앞에 서 있던 강유진이 탄성을 터뜨렸다.

"아! 알았다. 이제 보니 네가 태성이었구나?"

…….

큰형님이 천천히 골프채를 내려놓았다.

그리고 낮게 가라앉은 음성으로 물었다.

"너, 나를 아나?"

"네가 오태성이냐?"

강유진이 도리어 되물었다.

기가 막힌지 오태성이 피식 웃으며 대답했다.

"그래, 내가 오태성이다. 너, 어떻게 나를 아냐? 어떤 조직에서 삐끼도 받아주나?"

그러는 동안 이정우는 꿈틀거리며 일어나 벽을 등지고 섰다. 지금 무슨 일이 벌어지고 있는지 전혀 이해하지 못하는 얼굴이다.

"그 책상 위에 명패를 보고 알았지. 나는 오태성이라는 인간이 따로 있는 줄 알았다. 근데 하는 짓을 보니까 네가 오태성 같아서."

"으흐흐…… 명패를 보고 내 이름을 알았다고? 동대문의 오태성이 누군지는 모르고?"

강유진이 태연하게 강철문을 잠그며 대답했다.

"인마, 전화번호부 한번 봐봐. 오태성이 너 하나뿐인 줄 아냐?"

"오호! 문은 왜 잠가? 너 영화 많이 봤구나?"

그러면서도 오태성은 은근히 경계하는 눈치다.

아홉 명이나 되는 상대를 앞두고 문을 잠그니 뭔가 숨겨둔 한 수가 있다 싶었던 것이다.

오태성이 사지가 멀쩡한 청년들을 힐끔 바라보았다.

"명국아, 이 병신 XX야! 애들 데리고 포커 칠 생각만 하지 말고! 당장 저 미친 새끼부터 때려잡아!"

오태성의 말에 최명국이 큰 소리로 화답했다.

"예! 형님!"

곧이어 최명국과 포커를 치던 청년들이 강유진에게 다가갔다.

"에르 쉬 바쿰!"

순간 강유진의 앞에 세 개의 서클이 솟아났다.

서클은 사람들의 몸을 통과하며 하나로 합쳐졌다. 마치 레이저 쇼를 보고 있는 것 같았다.

서클은 하나로 뭉치는가 싶더니 이내 스르륵 사라졌다.

최명국이 조롱하듯 중얼거렸다.

"뭐야? 씨발, 동대문 나이트 디제이야? 웬 레이저 쇼?"

강유진이 피식 웃으며 말했다.

"클레베스, 우다 칼라가덴."

후두두둑.

광야를 달리는 야생마(野生馬)들의 발굽 소리일까?

바위처럼 묵직하면서 바람처럼 경쾌한 소리가 사람들의 귓가를 스치고 지나갔다.

정체 모를 소리는 강유진의 몸을 감돌다가 아련히 사라져 갔다.

최명국이 마른침을 삼키며 중얼거렸다.

"씨발, 엠피쓰리 켰어? 사운드 죽이는데. 이 새끼 진짜 나이트 디제이 맞나 봐."

최명국이 볼 때 눈앞의 청년은 나이트 디제이였다. 레이저도 그렇고, 방금의 기가 막힌 사운드도 딱 나이트 디제이였다.

그런 최명국을 향해 강유진이 빙긋 웃으며 다시 말했다.

"벤투스, 헤이룸 이니."

쉬익.

바람도 없는데 강유진의 옷이 가볍게 흔들렸다.

'우다 칼라가덴' 이 '강하게 보호하라' 의 뜻이라면, '헤이룸 이니' 는 '나를 빨리 움직이게 만들라' 는 각기 다른 차원의 정령어다.

덕분에 지금 강유진은 두 발에 힘을 주고 움직이지 않으려고 애를 써야 했다.

하지만 그런 모습은 다른 사람들에게 잔뜩 긴장해서 우물쭈물하는 것으로 보일 뿐이다.

순간 최명국이 육두문자를 내뱉으며 달려들었다.

"씨발 XX! 죽여!"

최명국의 뒤를 이어 나머지 세 청년도 벌떼처럼 달려들었다.

강유진은 가장 먼저 최명국의 주먹을 잡고서, 배운 대로 천천히 관절을 꺾은 뒤에 엎어쳤다.

그리고 두 번째로 보이는 누군가의 팔꿈치를 잡고, 자신의 자세를 두 번 정도 교정한 뒤에 다시 엎어쳤다.

세 번째부터는 몸에 익어서 그런지 두 번 자세를 잡을 것도 없었다.

쿵. 쾅. 철퍼덕.

세 사람의 몸이 눈 깜짝할 사이에 이리저리 날아갔다.

마지막 청년은 손목과 팔꿈치 관절이 꺾인 채 강유진의 뒤에 서 있었다.

강유진이 손이 슬쩍 힘을 주자 청년의 입에서 찢어지는 비명이 흘러나왔다.

"아악! 그, 그만! 부, 부러져!"

으득.

관절에서 듣기 거북한 소리가 흘러나왔다.

그럴 때마다 청년은 짐승처럼 울부짖었다.

"인마, 이 정도로는 택도 없어. 절대 안 부러져. 내가 이걸 한두 번 당해본 줄 알아?"

"씨발! 부러져! 그, 그만해! 그만!"

"아, 그 자식, 입 더러운 거 봐라. 너 인마, 나이 몇이야?"

"열……일곱!"

"아휴! 이 자식 나이 봐. 학교 왜 안 갔어?"

"아악! 아파요! 아파!"
나이를 털어놓은 뒤로 기가 꺾인 청년은 존댓말을 했다.
"말해, 인마. 학교 왜 안 갔어?"
"짤렸어요."
"왜 짤렸는데?"
"악! 담탱이한테 욕했어요."
"이제 보니까 어른들에게 막 욕하고 다니는 나쁜 청소년이었구나? 너 욕 누구에게 배웠어?"
"으으, 그냥 친구들에게 배웠어요."
"친구를 잘 사귀어야지, 자식아."
뚝.
"아악!"
그제야 강유진이 팔을 풀며 중얼거렸다.
"어? 부러졌나? 아, 내가 힘 조절이 좀 안 돼. 욕 값이라고 생각해라."
"아악! 씨발! 아파! 이 씨발 XX야! 저 새끼들도 욕했잖아! 그런데 왜 나만 부러뜨려! 씨발 놈아!"
강유진이 고래고래 욕을 하고 있는 청년에게 한 걸음 다가갔다.
"자꾸 욕하면 입도 찢어버린다."
"……."
청년들이 쥐죽은 듯 조용해지자 강유진이 오태성을 돌아보았다.

"태성아, 너도 와야지."

강유진의 도발에 오태성이 부들부들 떨며 깁스를 한 사내들을 바라보았다.

"뭐해! 새끼들아! 팔에 시멘트 발랐으니까 가서 때려죽여!"

"……."

하지만 남자들은 공포에 질린 눈으로 꼼짝도 하지 않았다.

뒤늦게 강유진의 얼굴을 알아본 것이다.

팔이 부러질 때의 충격과 공포가 물밀 듯 밀려들었다.

"이 병신 XX들이 뭐하는 거야! 태성파에 근성 있는 새끼가 하나도 없어? 정말 내 손에 먼저 죽어볼 테냐?"

강유진이 펄펄 뛰고 있는 오태성에게 소리쳤다.

"야, 태성아! 깁스는 시멘트가 아니라 석고로 하는 거야. 좀 배워라, 자식아! 그리고 애들이 어른을 알아보고 몸을 사리는 것 같은데, 네가 직접 나서봐!"

"닥쳐! 씨발 XX야!"

그러나 강유진의 야유는 멈추지 않았다.

"태성아, 당신의 능력을 보여주세요!"

분노가 극에 다다른 오태성이 이를 갈며 으르렁거렸다.

"으아아! 이 개XX들…… 저 것 같은 소리를 듣고도 진짜 안 움직여? 그 팔 다 잘라줄까?"

말과 함께 오태성이 책상으로 돌아갔다.

그리고 서랍에서 날선 회칼 하나를 꺼내들고 소리쳤다.

"그래도 안 움직이는 새끼는! 내가 먼저 배때기를 갈라주마!"

그제야 지하철에서 지휘를 하던 청년이 조심스럽게 말문을 열었다.

"큰형님, 저 새끼가…… 지하철에서 우리를 이렇게 만든 새낍니다. 우리는 상대가…… 안돼요. 팔이 멀쩡할 때도 안됐는데…… 지금은……."

오태성이 사내에게 다가가 다짜고짜 회칼을 휘둘렀다.

"크윽!"

사내가 외마디 비명과 함께 배를 움켜쥐고 주저앉았다. 배를 감싸 쥔 사내의 손 사이로 붉은 피가 뭉클뭉클 흘러나왔다.

"다음 어떤 새끼야? 아가리 또 놀려봐. 이번에는 주둥이를 찢어줄 테니까!"

"……."

오태성의 살기에 질린 사내들이 입을 꾹 다물었다.

그래도 강유진에게 달려드는 사람은 없었다. 그들의 기억 속에 오태성이나 강유진은 거의 비슷한 공포로 자리 잡고 있었던 것이다.

"병신 XX들. 네놈들이 그러고도 태성파냐? 저 미친 새끼 묻은 뒤에 다시 가르쳐주마. 태성파가 어떤 곳인지를……."

•

강유진이 물었다.

"태성아, 진짜 기다리기 지루하다. 태성파가 어떤 곳인데?"

"……."

오태성이 강유진을 향해 돌아섰다.

벌겋게 달아오른 얼굴에 눈에는 핏발까지 서서 제정신으로 보이지도 않았다.

그래도 그건 오태성의 사정일 뿐이다.

"태성아, 네가 마구잡이로 칼 휘두르는 거 보니까…… 저 애들이 왜 지하철에서 그렇게 쉽게 칼질을 했는지 알겠다. 다 너 보고 배운 거 같아. 그렇지?"

"그래, 우리 태성파는 일단 쑤시고 보거든. 씨발 XX야. 넌 곱게 죽지도 못할 거야. 약속할게. 배때기를 가르고, 창자로……."

"줄넘기도 하고 그러고 싶지? 너 몇 명 죽여봤냐?"

"아직 세 명밖에 못 죽여봤다. 씨발 XX야!"

호통소리와 함께 오태성이 강유진에게 달려갔다. 그리고 번개처럼 회칼을 휘둘렀다.

하지만 '헤이룸 이니' 상태의 강유진은 오태성의 회칼보다 몇 배나 빨랐다.

쉬익. 쉭. 쉭. 쉭. 쉭.

회칼의 칼날이 햇빛을 가르며 하얗게 번득였다.

하지만 수십 번이나 방향을 바꾸었지만 한 걸음 앞에 있는 강유진의 몸에는 이르지 못했다.

강유진의 손이 천천히 찔러오는 회칼의 날을 잡았다.

상대가 칼날을 잡자 오태성의 입술이 실룩였다.

"죽어, 새꺄!"

오태성이 회칼의 날을 뒤집었다.

아니, 뒤집는다고 생각했다.

하지만 회칼의 날은 마치 프레스 기계에 낀 듯 옴짝달싹하지 않았다.

다음 순간 강유진의 손가락 사이에 끼어 있던 회칼의 날이 뚝 부러졌다.

오태성이 놀라서 칼을 회수할 때다.

강유진의 손이 오태성의 빠져나가는 손목을 잡았다.

곧이어 다른 손이 오태성의 팔꿈치 아래를 받쳤다.

다음 순간 오태성이 미처 반항하기도 전에 '으득' 소리와 함께 팔꿈치가 부러져 버렸다.

"악!"

오태성이 왼팔로 부러진 오른손을 잡아갈 때다.

이번에는 강유진의 손이 오태성의 왼손을 움켜잡았다.

그리고 다시 한 번 같은 일이 반복됐다.

빠득.

"끄악!"

오태성이 두 팔을 늘어뜨린 채 미친 듯이 소리 질렀다.

"아직 세 명밖에 못 죽였다고 했지? 그럼 딱 세 군대만 부러뜨려 줄게. 너도 죽을 만큼은 아파봐야 하잖아."

오태성이 주춤주춤 물러났다.

두 눈은 공포로 잔뜩 일그러져 있었다. 상대는 서울에서 가장 빠르다는 자신의 칼을 긴장감 없이 맨손으로 제압한 사내였다.

"뭐해, 새끼들아! 경찰에 신고해!"

깁스를 하고 있던 사내들이 전화통으로 뛰어갔다.

"하하하! 신고해라, 자식들아. 아, 진짜 초등학생들도 아니고, 선생님한테 이르겠다고?"

강유진이 수화기를 잡은 사내에게 다가가며 말했다.

"딱 손 떼라. 안 떼면 다른 팔도 부러진다."

"신고해! 새끼야!"

"……."

덜덜 떨던 사내는 결국 수화기를 슬그머니 떨구었다.

강유진이 오태성에게 시선을 돌렸다.

"너는 손이 없냐? 발이 없냐? 네가 해, 인마!"

"이 개XX야! 이 손으로 어떻게 신고를 해!"

"아, 미안, 내가 깜빡했다."

강유진이 스산한 눈으로 오태성에게 다가갔다.

"그런데 내가 깜빡한 게 하나 더 있지?"

"뭐, 뭐!"

바람처럼 달려간 강유진이 오태성의 발목을 툭 걷어찼다.

콰당.

얼마나 빠르고 정확하게 걷어찼는지 오태성이 단숨에 넘어졌다.

"아악!"

부러진 팔이 바닥에 닿자 오태성의 입에서 다시 비명이 터져 나왔다.

팔 때문에 오태성은 꿈틀거리기만 할 뿐 몸을 움직이지도 못했다.

강유진이 허리를 숙여 오태성의 발목을 잡아챘다. 그리고 한쪽 발로 오태성의 엉덩이를 누르고 발목을 빠르게 돌렸다.

빠득.

"끄아악!"

오태성이 단말마의 비명과 함께 펄떡였다. 그래봤자 양팔과 한쪽 발목이 부러진 상태인지라 크게 움직이지도 못하고 경련만 일으킬 뿐이었다.

강유진이 오태성의 발에서 손을 떼며 중얼거렸다.

"네가 죽인 사람들의 아픔도 좀 생각하면서 살도록 해라."

…….

팔에 깁스를 한 남자들은 쥐죽은 듯 숨소리도 크게 내지 못했다. 행여나 강유진의 타깃이 될까 봐 잔뜩 몸을 사리고 있는 것이다.

강유진이 이정우의 앞으로 걸어갔다.

“김정숙 씨가 아니었으면 너도 어느 한 군데 부러졌어, 인마.”

이정우가 고개를 떨구었다.

“따라와.”

“어디로 가시는데요.”

“내가 가고 싶은 데로 간다.”

강유진이 성큼성큼 걸어 나갔다.

이정우가 주춤주춤 그 뒤를 따라갔다.

뒤늦게 정신을 차린 오태성이 이를 갈며 소리쳤다.

“어디 가! 이 개XX들아! 뭐해! 저 새끼들 잡아! 내가 누군지 알아! 동대문사단의 오태성이야! 이대로 끝날 줄 알아! 대한민국에서 우리에게 찍히고 살아 나갈 수 있을 것 같아! 개XX들아! 거기 서! 씨발 XX들아! 잡아! 잡아!”

“…….”

뒤늦게 깁스를 한 남자 하나가 수화기를 들었다.

“여보세요? 거기 동대문경찰서죠? 네, 여기 러쉬빌딩의 태성실업입니다. 지금 여기 미친 새끼 하나가 뛰어들어 와서 난리가 났어요. 죄 없는 시민도 여럿 다쳤고요! 예, 예, 2호선 동대문역사문화공원역 12번 출구 쪽입니다. 빨리 좀 오세요.”

급박해 보이는 신고 내용과 달리 목소리는 힘이 없었다. 이미 정체불명의 남자가 이정우까지 데리고 사라진 뒤였기 때문이다.

경찰은 신고를 한 지 오십 분이 지나서야 겨우 출동했다.

출동한 경찰은 사무실 내부가 깨끗한데 사람이 여럿 다쳤다는 것에 대해 이해가 가지 않는 표정이었다.

경찰은 부상자의 이름과 끌려갔다는 직원의 이름을 적은 뒤에 썰물 빠지듯 빠져나갔다.

전화를 한 사내가 넋 나간 얼굴로 중얼거렸다.

“짭새 새끼들, 뭐가 3분출동이야? 씨발 XX들, 한 시간도 더 지났구먼. 정성을 다하는 국민의 경찰이 되겠다고? 순 개XX들…… 필요해서 찾으면 제때 오지도 않으면서…….”

최명국이 고통으로 덜덜 떨며 말을 받았다.

“그러게 말입니다. 순 젓 같은 새끼들입니다. 세계일류치안도시를 만들겠다고 말이나 하지 말지! 삼 분 거리를 한 시간이나 걸려서 오는 게 말이나 됩니까! 순 개XX들입니다! 국회의원이 부르면 한 시간 거리도 삼 분에 가는 씨발 XX들이! 힘없는 서민이 찾으면 한 시간이 기본이야! 개XX들!”

“닥쳐, 개XX들아!”

오태성의 한마디에 다들 쥐죽은 듯 입을 다물었다.

한참 만에 오태성이 다시 입을 열었다.

"씨발! 119는 왜 안 와?"

오태성의 물음에 깁스를 한 남자가 자신 없는 소리로 답했다.

"큰형님, 119는 경찰 오면서 같이 오는 거 아닙니까?"

"으으…… 씨발노마…… 안 왔잖아. 진작 걸었어야지…… 우릴 다 죽일 셈이냐?"

제4화

너에게 우선권을 주마

태성실업에 119가 가서 오태성과 팔이 부러진 환자들을 실어 가는 동안, 강유진은 도보로 십 분쯤 떨어진 롯도리아에서 이정우와 런치세트를 먹고 있었다.

"팍팍 먹어, 인마. 어차피 너희 엄마가 나중에 다 계산해 줄 거니까."

"어, 엄마를 부르셨어요?"

"아니, 내가 너희 엄마에게 청구할 거야."

"아저씨, 해결사세요?"

"인마, 너도 21살이라면서? 그런데 내가 아저씨로 보이냐?"

"그, 그럼…… 뭐라고……."

"형이라고 불러."

“혀, 형님…… 해결사 맞죠?”

“왜?”

“해결사니까 그렇게 잘 싸우죠. 큰형님은 서울에서 알아주는 칼잡인데…….”

“덜떨어진 태성이?”

“네…….”

강유진이 감자튀김을 입에 털어넣으며 중얼거렸다.

“난 니들처럼 그런 사람 아니다. 건실한 직업이 있는 남자야.”

“그, 그런데 그렇게 잘 싸워요?”

“운동하잖아.”

“운동요?”

“그래, 내가 합기도맨이거든.”

“와아! 합기도 진짜 세구나. 난 태권도가 제일 센 줄 알았는데. 어쩐지…… 뼈를 막 부러뜨리시더라…… 합기도는 잡히면 죽음이라는데…….”

“합기도가 세건, 태권도가 세건, 신경 끄고. 너 왜 소매치기하고 다녔어?”

“그건 그냥 사무실에 적응하기 위해서…….”

“적응하려고 사람도 막 찌르고 다니냐?”

“저, 저는 한 번도 그런 짓은 안 했어요. 그냥 바람만 잡아줬어요.”

"바람잡이는 괜찮은 거고?"

"사무실에서 살아남으려면…… 어쩔 수 없었어요."

"인마, 누가 거기에 너 등 떠밀어서 간 거냐? 네가 원해서 가놓고, 뭘 살아남아? 너도 쓸데없는 영화 많이 봤구나."

"그때는 갈 곳이 거기밖에 없었어요."

물론 TV나 영화에 나오는 조폭들처럼 대차게 살고 싶은 마음도 컸다.

하지만 자칭 형이라는 절대강자 앞에서는 감히 그런 소리를 할 수 없었다. 조폭을 어린아이 다루듯 하는 남자 앞에서 '조폭을 선망하고 있다'는 말을 어떻게 할 수 있단 말인가!

"집 놔두고 무슨 소리야?"

집 이야기가 나오자 이정우의 얼굴이 어두워졌다.

"엄마 때문에 갈 수가 없었어요."

"뭔 소리야? 너희 엄마가 너를 얼마나 찾고 계시는데?"

"아빠가 교통사고로 돌아가시고 두 달쯤 지나서…… 엄마가 남자를 사귀셨어요."

"……."

"형님, 아무리 힘들고 외로워도 두 달은 좀 심하잖아요. 아빠 무덤에 풀도 자라지 않은 시간이라고요."

"그래서…… 가출한 거냐?"

"……네."

"야, 그래도 가출은 좀 그렇다."

"힘들게 야자 끝내고 집에 갔는데…… 현관에 다른 남자 구두가 있는 거예요. 엄마가 밖에서 만나던 남자를 집 안으로 불러들인 거였죠. 그걸 봤을 때 제 기분이 어땠는 줄 아세요? 그 씨발 XX 콱 죽여버리고 싶었어요."

"……."

"그런데 그러면 안 되잖아요. 그래서…… 나쁜 놈 안 될라고…… 나간 거예요."

"아, 인생이 참 거시기하다. 그치?"

"형님 부모님은 사이 좋았어요?"

"아니, 살아 계실 때는 빽하면 싸웠어."

"그럼, 이혼했어요?"

"그것도 아니야. 나도 아버지가 먼저 돌아가셨어. 근데 어머니가 그렇게 싸우시고도 아버지를 잊지 못하시더라고. 결국 어머니는 아버지와 신혼 초에 살던 곳으로 혼자 내려가셨지. 그리고 그곳에서 조용히 돌아가셨어. 웃기지. 지지고 볶고 싸우던 분들인데."

"그래도 부럽네요."

"인마, 부러우면 너도 그렇게 살면 되는 거야. 괜히 부모님 원망할 거 없어. 사람마다 다 가치관이 다르니까, 생각이 다르니까 싸우면서 사는 거야……. 정이 깊으면 못 잊을 수도 있고, 좋은 사람

만나면 다시 사랑할 수도 있고……. 감정이 머릿속으로 생각한 대로 움직여 주냐?"

"그래도……."

"햄버거나 먹어, 인마. 배고프담서."

"네……."

"병원에 갔다가 밥도 못 얻어먹었냐?"

"밥 먹을 분위기가 아니었어요."

"왜?"

"큰형님이……."

"인마, 그냥 태성이라고 해."

"그래도……."

"네가 자꾸 큰형님이라고 하니까 나까지 그놈이 큰형님같이 느껴지잖아. 그냥 태성이라고 해. 어차피 다시 볼 일 없을 테니까."

"저어…… 태성이 형님 무서운 사람이에요."

"뭐가 그렇게 무서워? 사무실도 작고 애들도 별로 없어 보이던데."

"원래 동대문사단에서 가장 잘나가던 분이었어요."

"동대문사단이 뭔데? 친목 야구단이야?"

"경찰에도 알려지지 않은 동대문에서 가장 큰 조직이에요."

"그런 게 어딨어? 경찰이 모르는 게 어딨냐? 인력이 부족하고, 뒤 봐주는 부패 경찰이 있어서 안 잡고 있는 거지."

"형님, 동대문사단은 진짜 경찰도 몰라요. 작년 여름에 결성된 조직이거든요. 동방파, 칠성파, 광주파라고 동대문에서 잘나가는 조폭 세 개가 몰래 연합했어요. 아직까지 경찰은 세 개가 각기 다른 조직인 줄 알아요. 그게 연합한 거 알면 난리날 거예요."

"그래, 그 동대문사단이 뭐? 오태성이 구단의 투수라도 돼? 아침마다 야구했대?"

"형님, 농담이 아니라요…… 거기 연합한 회장님의 동생이 태성 형님이에요."

"그러니까 구단주 동생이라고?"

"네."

"태성실업은 모야?"

"그건 태성 형님이 연막 친다고 사단에서 나간 거예요. 애들도 자기가 다 골라 가지고요. 저처럼…… 고삐리 때부터 태성이 형님이 키웠어요."

"뭔 연막을 쳐?"

"다른 조직이 사단 연합한 거 알면…… 경찰에 꼬바를지도 모른다고…… 한 번에 확 쓸어 담기 전까지는 좀 찌질해 보이는 게 좋다고 했어요."

"태성이가 머리는 엄청 썼네?"

"네. 사단에서 머리가 제일 좋다고 들었어요."

"푸핫! 그게 제일 좋은 머리면…… 그 사단도 곧 망하겠다."

"하아! 어쨌든…… 쉬운 사람 아니에요."

"신경 쓸 거 없다. 어차피 그놈은 내가 누군지도 모르니까. 그리고 알면 더 손해야. 흐흐……."

"그야 그렇지만……."

이정우가 불안한 눈으로 강유진을 바라보았다.

알면 더 손해라는 말이 누구를 두고 하는 말인지 이해가 가지 않았다.

"그런데 밥은 왜 못 먹고 다녔냐고."

"형님에게 당해서 태성 형님의 직계인 사대천왕 중에서 세 명이나 팔이 부러졌잖아요."

"너랑 같이 다니던 애들이 사대천왕이었냐?"

"네."

"네 명이던데?"

"저도 그중 하나예요."

"니들 독실한 불교 신자였냐?"

"아뇨."

"그런데 무슨 사대천왕이야?"

"그냥…… 남들 보기에 멋있으라고……."

"가지가지 한다."

"……."

"지금 분명히 말해두는데…… 네 발로 거기 돌아갈 생각은 하지 마라. 내 눈에 흙이 들어가기 전에는 거기 못 간다. 그리고 걔들도 너 별로 좋아하지 않을 거야. 너 때매 다쳤다고 생각할 테니까. 내가 너 찾으러 거기 간 거 걔들도 알잖아."

"그, 그럼, 저는 이제 어떻게 해야 해요?"

"어떻게 하다니?"

"집에 가고 싶지도 않지만…… 집에 가면 분명히 조직에서 저를 찾으러 올 거예요. 형님도 아시겠지만…… 조폭은 보이스카웃 같은 데가 아니잖아요."

"그걸 아는 놈이 조폭에 들어가? 그리고 걔들이 네 집을 어떻게 알아?"

"제가 동생들 시켜서 살림을 몇 개 보낸 적이 있거든요."

"오오! 너 제법 괜찮은 구석이 있는 놈이었구나?"

강유진이 장난스럽게 이정우의 어깨를 툭 건드렸다.

이정우가 얼굴을 붉히며 고개를 떨구었다.

엄마가 싫어서 가출까지 한 놈이 살림살이를 보냈다고 제 입으로 말한 게 부끄러워했던 것이다.

"그렇게 걱정되면 너도 원룸텔을 얻든지."

"원룸텔요?"

"엉. 나도 원룸텔에 있거든. 그런데 너, 라면 좀 잘 끓이냐?"

"라면요? 당연하죠. 그건 눈감고도 끓여요."

"그럼 내 밑에서 일 좀 배워볼 테냐?"

"형님은 무슨 일 하시는데요?"

이정우가 기대하는 눈으로 강유진을 바라보았다.

말로는 해결사가 아니라고 했지만, 분명 그 비슷한 일을 하는 사람일 것이다.

'라면 잘 끓이냐고 묻는 걸 보니 잔심부름이라도 시키시려나?'

"나? 스낵카 CEO."

"스낵카요?"

이정우가 히죽 웃으며 되물었다. 당연히 농담이라고 생각한 것이다. 스낵카에 CEO 어쩌고 하는 게 진담일 리가 없지 않은가?

"그래, 나중에 분점 내게 되면…… 너에게 우선권을 주마."

강유진은 이정우가 과거의 자신처럼 별 볼 일 없다는 점이 마음에 들었다. 잘난 놈들을 보면 자꾸 대성그룹의 최일환이 떠올라서 불편하기만 했다. 하지만 이정우는 받은 거 없이도 정이 갔다. 그래서 아낌없이 퉁챠오의 분점까지도 허락할 생각이었다. 물론 본인이 원한다면 말이다.

이정우가 뜨거운 눈으로 강유진을 바라보았다.

분점을 내고, 우선권도 준단다. 뭔지는 모르지만, 절대강자가 하는 말이니 대단할 것이다.

'어차피 태성실업으로 돌아갈 수도 없게 됐으니까…… 형님의 한쪽 팔이 되는 게 낫겠다.'

아니, 어쩌면 이것은 기회인지도 모른다. 절대강자의 후계자가 되는 기회 말이다.

"부족하지만 형님이 하라는 대로 할게요."

"그래, 분명히 일 배운다고 했다?"

"네."

"그럼 가자."

"어디로요?"

"면 사러."

"네!"

이정우는 이때까지만 해도 '면'을 간식의 '라면'으로 받아들였다.

그래서 엉겁결에 따라 일어나면서도 '와! 이 형님 진짜 라면을 좋아하나 보다'라고만 생각했다.

*　　*　　*

강유진은 면을 사러 가다 말고 목적지를 바뀌었다. 일단 이정우의 방을 구하는 게 우선이라고 생각했기 때문이다. 이런저런 얘기 끝에 이정우도 같은 원룸텔에 방을 얻기로 했다. 솔직히 그게 가장 현실적인 선택이었기에 이정우는 순순히 따랐다.

하지만 당장 이정우에게 돈이 없었던지라 결국 강유진은 사륜구동의 판매 대금을 방세로 내줘야 했다. 물론 돈도 별로 없는 강유진이 그냥 줬을 리가 없다. 강유진은 '스낵카의 수입에 맞춰 월급의 형식으로 차감하겠다' 고 일방적으로 통보했다.

원룸텔의 계약이 끝나자 강유진은 이정우를 끌고 밖으로 나갔다.

그리고 인근의 마트에서 면을 다량으로 구매하고, 비장의 무기인 스낵카를 보여주었다.

뒤늦게 사태를 파악한 이정우는 똥 씹은 얼굴을 했다. 하지만 그렇다고 이제 와서 발을 뺄 수는 없었다. 이미 원룸텔을 구하는 데 강유진의 사비가 사용된 까닭이다. 게다가 강유진이 벌써부터 조수 대하듯 하는 통에 차마 못 하겠다는 말은 입 밖에 꺼내지도 못했다.

"어떠냐? 원목 장식된 실내를 봐라. 굉장하지? 이렇게 우아한 스낵카 본 적 있냐?"

"없습니다."

"저기 오뎅, 우동, 떡볶이라고 쓰인 메뉴판 보이지?"

"네."

"저거 떼어라."

"형님은 우동만 하시게요?"

"웬 우동? 그리고 내가 하는 게 아니라 우리가 하는 거지. 안 그래, 종업원?"

"네, 우리죠."

"그래, 항상 주인 의식을 가져야 성공할 수 있는 거야. 당신이 서 있는 그곳의 주인이 돼라! 라는 말도 있잖냐."

"네, 그럼 우리는 뭘 파는 건가요? 면을 왕창 사시던데……."

"퉁챠오."

"네?"

"퉁챠오라고…… 먼 나라의 전통 음식이야. 중국식 우동과 일본식 라면의 중간쯤 되는."

"형님, 이름은 그냥 중국요리 같은데요?"

"그건 네가 견문이 좁아서 그래. 너 중졸이지?"

"네…… 고3 때 학교를 때려쳐서……."

"그럼 틈틈이 고졸 검정고시 준비해라."

"검정고시요?"

"그래, 너 아직 어리잖아. 남들처럼 대학도 가봐야지. 길거리 장사하려면 오가는 손님들과 자연스럽게 대화할 정도의 기본 상식은 갖춰야 돼. 그리고 평생 퉁챠오만 끓여 팔 수는 없잖아. 혹시 아냐? 너도 우리 퉁챠오 계열의 CEO가 될지."

"저, 그러는 형님은…… 대학 나오셨나요?"

아무리 봐도 자기보다 두세 살 더 많은 것 같아서 물어본 것이다.

"당연히 졸업했지."

"전문대요?"

"응?"

"형님 나이가 젊으니까…… 벌써 졸업하고 이런 사업 하려면…… 전문대밖에 없잖아요. 혹시 조리학과 그런 거 나오셨어요?"

"아냐, 나 4년 다녔어. 이래 봬도 경영학과 출신이야."

"예? 형님 나이가 몇이세요?"

"너, 아직 내 나이도 모르면서 따라 다녔냐?"

"형님이 안 가르쳐주셨잖아요."

게다가 만난 지 이제 하루밖에 안 되는 사이가 아닌가?

"그런가? 딱 한 번만 말할 테니까 다시 묻지 마라. 형은 34살의 돌싱(돌아온 싱글)이시다. 지금은 퉁챠오 전문점 사장. 그 이상은 알려고 하지 말 것."

"네에? 34살요?"

이정우가 눈을 휘둥그렇게 떴다.

너무 놀라서 '돌싱' 이니 '퉁챠오 전문점 사장' 이니 하는 건 귀에 들어오지도 않았다. 아무리 높게 봐도 25살 이상으로는 보이지 않는데, 34살이라니?

"형님, 진짜 동안이세요. 나가면 제 친구인 줄 알 텐데……."

"그건 네가 심한 노안(老顔)이라는 소리야. 나는 적당한 동안이고. 너는 담배를 끊어. 그럼 피부도 뽀송뽀송해지고 좋아."

"어휴! 그걸 어떻게 끊어요. 담배 끊는 사람은 진짜 독한 사람이래요."

"응? 너 내 말 오해했구나. 권유가 아니라 명령이야. 요리 만드는 사람은 담배 피면 안 돼. 음식에 담배 냄새 배고, 중금속 가루 들어가. 나랑 일하는 동안 담배 피다가 걸리면…… 맞는다. 알았냐?"

"……네."

이정우가 풀죽은 음성으로 답했다.

금연의 필요에는 공감했지만 아직 마음의 준비가 덜된 까닭이다.

스낵카의 견학이 끝나자 강유진은 이정우를 데리고 주방으로 올라갔다. 그리고 퉁챠오의 풍미에 대한 강의를 시작했다.

강의는 대략 오 분 만에 끝났다. 전문 요리의 설명치고는 허술한 편이다.

너무 짧은 거 아니냐고 묻는 이정우에게 강유진은 '퉁챠오는 원래 이런 거야. 이걸 전수한 요리사의 설명은 삼 분이었어' 라고 말했다.

퉁챠오 CEO의 빈약한 설명에 따른 부작용일까?

실습에 투입된 초보 요리사 이정우는 거의 30인 분의 국물과 면을 소비하고 나서야 겨우 퉁챠오를 끓일 수 있게 되었다.

겨우 성공한 퉁챠오를 앞에 두고 이정우가 우는 소리를 했다.

"형님, 저는 더 이상 못 먹겠습니다."

실패한 30인 분을 모두 먹은 건 아니다.

다만 맛의 차이를 알기 위해 조금씩 먹은 게 대략 3인 분은 될 것 같았다.

강유진이 이정우의 퉁챠오를 자기 앞에 끌어다 놓으며 말했다.

"수고했다. 너는 이제 흉내만 내는 단계야. 알지?"

"예."

이정우는 순순히 고개를 끄덕였다.

강유진이 싸움을 잘하기 때문에 그런 것은 아니다.

태성파의 사대천왕이었던 이정우는 진심으로 강유진의 요리에 승복하고 있었다. 이정우의 눈에 비친 강유진은 절대미각의 소유자였다.

강유진의 혀는 큰 냄비의 물에 구운 소금 한 알만 넣어도 알아차릴 정도로 예민했다.

그런 강유진의 하드 트레이닝에 이정우는 계량컵으로 맞섰다. 하지만 그것도 강유진의 미각을 만족시키지 못했다. 그렇게 해서 날린 게 29인 분의 퉁챠오다.

악에 받쳐 쉬지 않고 퉁챠오를 끓인 지 네 시간.

결국 계량컵을 쓰고도 고도의 정신집중을 유지해야 겨우 강유진이 원하는 맛에 근접할 수 있었다.

그러니 '예' 라고 할 수밖에 없지 않은가?

“너의 처녀작은…… 내가 접수해 주마.”

강유진이 의식을 치르듯 엄숙한 얼굴로 퉁챠오를 먹기 시작했다.

후루룩.

“형님, 맛있습니까?”

“너는 맛으로 먹냐? 나는 살려고 먹는다.”

“…….”

이정우가 입술을 실룩였다.

‘남에게 팔 거면서 맛이 없으면 어쩌라고?’

왠지 시작도 하기 전에 망하자는 소리로 들렸다.

강유진은 퉁챠오를 국물까지 남김없이 먹은 뒤에 만족한 얼굴로 말했다.

“이거야말로 10만 년 만에 재현된 전통의 맛이로구나!”

“하하! 형님, 과장이 심하십니다. 그렇게 맛있다니 감사합니다. 모두 형님의 가르침 덕분입니다.”

“칭찬은 고래도 춤추게 한다더니. 나는 네가 이렇게 퉁챠오를 잘 끓일지 몰랐다.”

“형님, 그 전까지 칭찬은 못 받았는데요.”

“어차피 너도 고래는 아니잖아?”

“그렇죠.”

“그럼 된 거야. 이제 내가 정리할 테니까 가서 좀 쉬어.”

고개를 갸웃거리던 이정우가 급히 싱크대로 향했다.
"안 됩니다, 형님. 제가 다 치우겠습니다."
강유진이 탁자 위에 흩어진 그릇을 모으며 말했다.
"야! 내 규칙은 간단해. 내가 만들면 네가 치우고, 네가 만들면 내가 치운다. 가, 인마."
"그래도……."
"안 가?"
강유진이 눈을 부라렸다.
눈치를 보던 이정우는 결국 주방에서 나갈 수밖에 없었다.

*　　*　　*

원룸텔의 사람들에게 저녁 시간은 6시부터 8시 사이였다. 늦으면 밥이 부족할 수도 있기에 대부분의 사람들은 8시 이전에 식사를 끝냈다. 그러다 보니 9시 이후의 주방은 -어쩌다 늦은 사람 한둘을 제외하면- 찾는 사람이 거의 없었다.
하지만 오늘은 달랐다.
저녁 9시가 되었음에도 주방이 시끌시끌했다.
강유진과 이정우가 나와서 퉁챠오를 만들고 있었던 것이다. 물론 김민정과의 약속을 지키기 위해서였다.
김민정까지 일찌감치 나와서 -그렇지 않아도 분주한 두 남자에게- 이래라저래라 훈수를 뒀다.

젊은 남녀 셋이 주방에서 왁자지껄했기 때문일까? 호기심을 느낀 사람들이 하나둘 모여들었다.

그중에 '스낵카 사업을 축하한다'면서 다섯 명이 어영부영 주저앉았다.

결국 강유진은 여섯 그릇의 퉁챠오를 끓여야 했다.

퉁챠오는 소박한 히트를 쳤다.

대부분의 사람들은 '독특한 맛이었다'며 잘되길 바란다고 격려했다. 어떤 사람은 '사업이 잘되면 나도 끼워달라'고 부탁하기까지 했다.

하지만 모두가 그런 것은 아니다.

한 자리 차지하고 앉아 퉁챠오를 먹던 박철곤이 그랬다.

박철곤이 젓가락을 내려놓으며 중얼거렸다.

"맛이 졸라 애매하네."

"……."

한순간 화기애애(和氣靄靄)하던 분위기가 싸해졌다.

싱크대에서 그릇을 닦던 이정우가 강유진의 눈치를 힐끔 살폈다.

저런 싸가지 없는 남자를 왜 가만히 두고 보는지 이해할 수가 없다는 표정이다.

잡담을 나누던 사람들이 하나둘씩 떠나갔다.

김민정이 입술을 삐죽이며 말했다.
“맛만 좋은데 뭘 그래요?”
“이거저거 흉내 냈으니까 입맛에야 대충 맞겠지. 하지만 독창성이 없잖아. 음악으로 치면 이건 표절이라고. 음악 같았으면 대국민 사과하고 벌금 물고 그래야 할걸.”
“…….”
김민정이 고개를 설레설레 저었다. 말이 통하지 않는 상대였다.
참다못한 이정우가 한마디 툭 던졌다.
“아저씨한테는 안 팔 테니까 신경 쓰지 마요. 그쵸, 형님?”
하지만 강유진은 호응해 주지 않았다.
독창성이 없다는 말에 나름 심각한 충격을 받은 것이다.
확실히 퉁챠오는 애매했다.
우동도 아니고 라면도 아닌 그 중간의 맛.
그때다. 아저씨한테는 안 판다는 말에 기분이 상한 박철곤이 지지 않고 한소리 내뱉었다.
“야, 인마! 나도 이런 건 돈 주고 안 사먹어. 그냥 내가 면 사다가 끓여 먹어도 이 정도는 되겠다.”
달그락.
이정우가 그릇을 내려놓고 돌아섰다.
“야? 인마? 아저씨, 지금 나한테 욕했어요?”
이정우는 며칠 전까지 태성파의 사대천왕이었다. 소수정예의 조폭인 태성파에서 사대천왕 소리를 들었던지라 나름 자부심도 컸다. 그런 이정우가 -나이도 비슷해 보이는 청년에게- 욕을 먹었으니 피가 확 솟구치지 않으면 이상한 일이다.

"그런데, 왜?"

박철곤은 이정우의 과거를 모른다. 그래서 자신보다 어린 놈이 눈에 힘을 주고 노려보는 게 상당히 못마땅했다.

"얌마, 너 민정이랑 동갑이람서? 나이도 어린 놈이 어디 형 앞에서 눈알에 힘을 줘? 어쭈? 눈 안 내리깔아? 눈깔 확 뽑아서…… 먹물을 쪽 빨아먹어 버릴까 보다."

"뭐? 지금 뭐라고 했어!"

이정우가 박철곤에게 성큼성큼 다가갔다.

박철곤도 지지 않고 자리에서 벌떡 일어섰다.

"어? 이 새끼 봐라! 겁 대가리를 상실했나! 형한테 반말 찍찍 해대네?"

"야! 이 씨발 놈아! 네가 왜 내 형이냐!"

이정우가 득달같이 달려가 주먹을 날리려는 순간이다.

"그만!"

강유진이 짧게 소리쳤다.

이정우가 번개처럼 몸을 돌리며 대꾸했다.

"형님, 저 병신이……."

"뭐? 너보다 나이 많은 사람에게 병신이 뭐야? 사과해."

"……형님도 보셨잖아요. 저 사람이……."

"모든 사람이 다 내 맘 같지는 않은 거야. 그런 세상은 재미도 없어. 네가 잘못한 거나 빨리 사과해."

"……."

이정우는 분을 이기지 못해 주먹만 쥐었다 폈다 했다.

한참 만에 이정우가 고개를 떨구며 중얼거렸다.

"아저씨, 미안합니다."

"……."

한편 박철곤은 호랑이처럼 달려드는 이정우에게 놀라 잠깐 얼이 빠진 상태였다.

지금까지 박철곤의 싸움은 지치도록 욕설을 하다가, 참지 못한 사람이 선빵을 날리는 거였다. 그런데 정우라는 어린놈은 딱 한마디 하고 짐승처럼 돌변했다. 마치 철천지원수(徹天之怨讐)라도 만난 듯 눈알까지 희번덕거리면서 말이다.

'저거 미친 새끼 아냐?'

게다가 얼마나 빨랐던지 눈앞에서 뭐가 번득이는 것밖에 못 봤다.

그런데 어느새 상대는 싱크대 앞으로 돌아가 있었다.

"알면 됐어. 조심해, 새끼야."

잔뜩 힘이 들어간 말과 달리 박철곤은 이정우의 눈치를 살폈다.

다행히 이정우가 더 이상 발작할 기미를 보이지 않자 박철곤은 안심하고 돌아섰다.

하지만 그냥 가자니 자존심이 허락지를 않는다.

"나 원 참! 같은 원룸텔 식구들끼리 아래위도 없고……. 세상이 이렇게 무법천지인가. 공무원 때려치고 경찰시험이나 준비할까……. 진짜 젓 같은 세상이다."

박철곤이 주절거리며 주방을 떠나갔다.

쯧쯧 하며 혀를 차던 강유진이 박철곤의 그릇을 집어 들었다.

"정우야, 잘 참았다. 그만 기분 풀어라. 철곤이가 아직 철이 덜 들어서 그래."

"형님이 봐주니까 그런 거잖습니까……."

이정우가 무겁게 가라앉은 음성으로 중얼거렸다. 사실 강유진만 아니었으면 박철곤은 곤죽이 되고도 남았다.

"야야, 너는 프로잖냐. 걔는 아마추어고. 프로가 아마추어랑 놀면 되겠냐? 진짜 조폭은 일반인 때리면 안 되는 거라며?"

"저런 놈은 좀 맞아도 돼요."

가만히 듣고 있던 김민정이 눈을 동그랗게 뜨고 물었다.

"어머? 오빠, 정우가 조폭이에요?"

"손 씻었으니까 지금은 아니야."

"와아! 나 진짜 조폭은 처음 봐……. 정우야, 너 싸움 잘해? 얼마나 잘해?"

이정우가 머리를 긁적이며 답했다.

"그래 봤자 우리 형님 발끝도 못 따라가."

"형님? 누구?"

김민정이 의아한 얼굴로 이정우를 바라보았다.

머뭇거리던 이정우가 눈짓으로 강유진을 가리켜 보였다.

"에?"

"……."

"오빠가?"

끄덕끄덕.

"에이, 우리 오빠는 싸움 못해."

김민정이 피식 웃으며 싱크대로 다가갔다.

그리고 한창 설거지 중인 강유진을 밀어냈다.

"오빠, 잘 먹었으니까 나머지는 내가 할게요. 그만 가세요."

"어? 어?"

강유진은 잠시 버텼지만 김민정의 힘을 이기지 못했다.

김민정이 의기양양한 얼굴로 말했다.

"봤지? 저 오빠는 나한테도 진다고."

강유진이 억울하다는 듯 소리쳤다.

"나는 남자야! 총칼 든 사람들하고만 싸운다고!"

"네네, 온라인 게임에서 그렇겠죠. 게임 많이 하면 폐인 되니까 조심해요."

"어허! 재는 어린 게 가끔 우리 엄마 같은 말을 해."

강유진이 투덜거렸다.

나이 어린 김민정이 보호자 행세를 하는 게 못마땅하다는 말투다.

“오빠, 우리 여자들은요, 나이를 떠나서 모성애(母性愛)가 있다고요. 남자들은 뭘 모른다니까. 쯧쯧!”

“그래, 그럼 늙은 아들은 이만 가서 자야겠다. 정우야, 너는 우리 엄마 심심하지 않게 말벗 해드리고 와라. 형님 먼저 간다.”

“에? 같이 가요.”

강유진은 따라 나서려는 이정우를 억지로 앉혀놓고 주방을 떠났다.

컴컴한 원룸텔의 복도를 몇 걸음 걷노라니 쓸쓸해진다. 강유진은 아직 어린 김민정과 이정우가 이런 기분을 느끼지 않기를 바랐다.

제5화

호사다마(好事多魔)

강유진의 스낵카가 정식으로 영업을 시작한 것은 12월 1일이다.

개시는 이정우의 강력한 요청에 의해 홍대 근처로 정해졌다. 이정우가 '홍대에서 시작하자' 고 한 것은 '그쪽에 아는 사람이 없다' 는 단순한 이유에서였다. 여전히 이정우에게 음식 장사는 남자로서 할 짓이 아니었던 것이다.

"형님, 이러다가 우리 굶어 죽는 거 아닙니까?"

이정우가 걱정스러운 표정으로 강유진을 바라보았다.

점심에 스낵카를 끌고 나왔는데, 오후 5시인 지금까지 한 그릇도 팔지 못했다. 사람들은 가까이 왔다가도 메뉴판을 확인하고는 바람처럼 스치고 지나갔다. 한국인들에게 통챠오라는 이름은 '범

접하기 어려운 괴상한 것' 에 불과한 모양이다.

"퉁챠오가 있는 한 굶어 죽을 일은 없다고 본다. 그렇게 배고프면 하나 삶아 먹든가."

"형님, 제 배가 고파서 그런 게 아니라요…… 지금처럼 장사가 안되면 결국 망하지 않겠습니까?"

"정우야, 넌 너무 세상을 부정적으로 보는 것 같아. 얼굴 좀 펴. 로마가 하루아침에 대제국이 된 줄 아냐? 천만의 말씀이야. 심지어 하느님도 세상을 창조하는 데 육 일이나 걸렸다고. 반나절 만에 끝장을 보려는 조급한 마음을 버려!"

"네, 형님."

이정우가 고개를 끄덕였다.

'형님 말씀이 진리입니다.'

태성실업에서 사대천왕과 오태성을 박살낸 이후로, 강유진은 인생의 이정표였다. 강유진이 그렇다면 그런 거다.

이정우는 깨끗한 상판을 그보다 더 깨끗한 행주로 다시 훔쳤다.

음식 한번 올려보지 못한 원목의 상판이 초겨울의 바람에 차갑게 몸을 떨었다.

"살살 닦아라. 고정 나사 풀린다."

"네, 형님."

밤 11시가 되자 강유진은 철수를 시작했다.

준비해 간 30인 분 중에 팔린 건 여섯 그릇.

두 사람이 각각 두 그릇씩 먹었으니 남은 재료는 20인 분이나 됐다.

강유진은 남은 재료를 음식쓰레기 봉지에 담았다.

그걸 지켜보던 이정우가 아깝다는 듯 물었다.

“형님, 그거 내일 다시 사용하면 안 됩니까? 아직 상하지 않았는데…… 날씨도 차잖아요.”

“눈으로 봐서 상해야지만 세균이 번식하는 건 아니라고 하더라. 내가 먹는 것처럼 만들어 파는 게 내 신조다.”

“에이, 형님은 아무거나 다 주워 먹잖아요.”

“인마, 잔말 말고 내가 하는 걸 잘 보고 배워둬. 이래야 성공해. TV도 안 보냐?”

“솔직히 저는 TV에 나오는 거 안 믿어지더라고요. 그리고 거의 다 짜고서 보여주고 싶은 거만 보여주는 거잖아요. 형님처럼 진짜 다 버리는 사람은 없을 거 같아요.”

“있어.”

“네.”

이정우는 더 이상 토를 달지 않았다.

사람은 자기가 믿고 싶은 대로 믿고 사는 거니까. 강유진이 그렇게 믿고 싶으면 그렇게 믿고 살면 되는 거다.

다음 날은 조금 더 팔렸다.

어제 먹고 간 사람 중에 두 명이나 다시 와서 먹고 갔다.

그리고 어찌어찌하다 보니 초저녁 무렵에는 벌써 20인 분이나 팔고 있었다. 이정우는 더 이상 망한다는 소리를 하지 않았다. 사실 퉁챠오는 이름이 이상했지 맛은 제법 있는 편이었다.

쌀쌀해진 날씨 덕분일까?

8시가 되자 준비해 간 퉁챠오가 다 떨어져 버렸다. 30인 분을 다 판 것이다.

그릇을 정리하던 이정우가 의기양양한 소리로 말했다.

"형님, 이러다가 진짜 음식점 하나 세우겠어요! 내일부터 좀 더 준비해요! 50인 분 어때요?"

"마음 비워라. 50인 분은 최종 목표니라."

"네? 겨우 50그릇이요? 형님, 더 팔아야죠. 200그릇 정도는 돼야……."

"원래 명품은 희소성이 있어야 하는 거야. 난 하루에 딱 50그릇까지만 팔 거야. 그 이상은 너무 막노동이야. 퉁챠오는 예술이 돼야 해."

"그럼, 형님은 50그릇 파세요. 저는 따로 더 팔게요. 그래도 되죠?"

"에잇! 돈독 오른 놈!"

"헤헤, 저는 짧고 굵게 살고 싶어서요."

"난 딱 50그릇만 팔고 쉴 거니까, 나머지 시간에 뭘 더 하든 그건 네 맘대로 해라. 단, 12시에는 접는다."

"왜 12시예요? 요즘 밤낮도 없던데."

"너 검정고시 준비해야 되잖아. 12시까지야. 잔말 마."

"네!"

씩씩하게 대답한 이정우는 속으로 자신이 팔 수 있는 걸 계산해 봤다.

입소문이 나기 시작했으니까 50그릇이라고 해도 9시 이전에 끝날 것이다. 나중에는 더 일찍 팔릴 수도 있다.

'9시부터 12시까지 30그릇은 더 팔 수 있지 않을까?'

강유진의 목표가 일찍 채워질수록, 자신이 팔 수 있는 퉁챠오도 늘어난다. 나중에는 강유진보다 몇 배나 더 팔게 될지 모를 일이었다.

'이러다가 진짜 분점 내게 되는 거 아닌가 몰라…….'

이정우가 두근거리는 가슴을 쓸어 내렸다. 지하철에서 소매치기를 할 때와는 비교할 수 없는 전율과 감동이 밀려들었다.

*　　*　　*

스낵카 장사를 한 지 일주일 만에 강유진은 50그릇 판매를 돌파했다.

그러자 강유진은 약속대로 나머지 시간의 스낵카 운영을 이정우에게 맡겼다. 장사가 잘될수록 이정우가 맡아서 운영하는 시간이 조금씩 늘어났다. 나중에는 저녁 6시부터 이정우가 스낵카를 맡을 정도로 장사가 잘됐다.

하지만 마냥 좋은 일만 계속되지는 않았다.

밤 9시 무렵, 한창 장사에 바쁜 스낵카로 일단의 남자들이 몰려왔다.

옷차림과 인상이 전형적인 조폭이다.

이정우는 조마조마한 마음으로 남자들을 맞이했다.

"어서 오세요. 몇 그릇 드릴까요?"

파는 게 퉁챠오밖에 없으니 당연한 질문이다.

하지만 남자들은 퉁챠오에 관심이 없는 것 같았다.

"장사 잘되네."

"진짜 손님 많죠? 먹자골목보다 여기가 더 잘되는 것 같아요."

"장사 잘되면 서로 좋지. 씨발. 안 그래?"

"맞습니다, 형님."

떠들어대던 남자들 가운데 하나가 돌연 이정우에게 손가락질을 했다.

"젊은 양반, 여기 주인이쇼?"

"아닌데요. 무슨 일로 그러십니까?"

모르는 척 묻고 있지만 이정우의 표정은 떨떠름했다. 왜 주인을 찾는지 누구보다 잘 알고 있기 때문이다. 보나마나 자릿세를 내라는 것일 게다.

"그럼 알바냐?"

사내가 대뜸 반말을 했다.

"네."

비록 아르바이트는 아니지만 주인장의 조수라고 길게 설명하는 것도 우습다. 그래서 이정우는 그냥 알바라고 했다.

"여기 주인 어딨냐?"

"저쪽에 계시는데요."

이정우가 손으로 한쪽을 가리켜 보였다.

정확히는 강유진과 사오십 대 남자가 포장마차 앞에서 오뎅 국물을 먹으며 노닥거리고 있는 곳이다.

삼십 대 초반의 사내가 인상을 찡그리며 중얼거렸다.

"아, 씨발 XX, 자기 장사는 알바에게 맡겨놓고 남의 집에 가서 놀고 있네. 야 인마, 너도 사장 맘에 안 들지?"

"저는 괜찮습니다."

"새끼, 쫄아 가지고……."

사내가 피식 웃어 보인 후 돌아섰다.

"야 두꺼비, 가서 사장 데리고 와."

두꺼비라고 불린 남자 하나가 고개를 꾸벅 숙였다.

"알겠습니다, 형님."

"강 선생님, 이상한 애들이 몰려온 것 같은데…… 괜찮으시겠습니까?"

이극렬 경감이 웃으며 강유진을 바라보았다. 경비를 그만두고 사업을 하고 있다고 해서 와봤더니, 진짜 스낵카 주인이 돼 있었다.

대성그룹과 스낵카 주인의 조합이라니? 아무리 생각해도 신비할 뿐이다. 그래서 이것저것 묻다 보니 벌써 두 시간이 훌쩍 지난 뒤였다.

"저 사람들 다 손님일 겁니다."

"분위기는 영 아닌데요."

"그래요? 그래도 경감님이 계시니까 괜찮을 겁니다."

이극렬 경감이 피식 웃었다.

두 시간 동안 알아낸 거라고는 강유진이라는 이름과 그가 '아케론닷컴' 의 주인장이라는 사실뿐이다. 대성그룹이 '아케론닷컴' 을 통해 임 박사를 구해달라고 의뢰했다는 것은 이미 알고 있었다. 얼마 전 대성그룹 부회장을 통해 자세한 이야기를 전해 들었던 것이다.

"제가 무슨 힘이 되겠습니까."

말과 달리 다가오는 사내를 보는 이극렬 경감의 눈에서 불꽃이 튀고 있었다.

두꺼비가 강유진과 이극렬 경감을 번갈아 보며 물었다.

"둘 중에 누가 스낵카 주인이쇼?"

이극렬 경감이 차갑게 물었다.

"그건 왜 묻는 거요?"

나이로 보아 이극렬 경감이 주인이라고 생각한 두꺼비가 비릿하게 웃으며 말했다.

"우리 형님이 부르니까 얼른 가보슈."

"형님이라……."

중얼거리던 이극렬 경감이 두꺼비에게 짧게 말했다.

"야 인마. 가서 형님이라는 놈 당장 튀어오라고 그래. 딱 삼 분 준다."

"……."

눈을 끔뻑이던 두꺼비가 즉시 돌아서 일행에게로 뛰어갔다.

"형님, 삼 분 안에 튀어오라는데요?"

"어떤 새끼가 그래?"

"저기 나이 좀 든 새끼요."

"……."

사내가 두꺼비와 포장마차의 중년남자를 번갈아 바라보았다.

"그래서, 예~ 하고 나한테 달려온 거야?"

"형님, 저 노땅 분위기가…… 영 심상치 않아서 말입니다."

"뭐? 분위기? 병신 XX 삽질하고 있네……."

두꺼비에게 욕을 하던 사내가 이정우에게 물었다.

"야 인마, 저 둘 중에 누가 여기 주인이야? 늙은 놈? 젊은 놈?"

"젊은 분이 사장님입니다."

"그래? 그럼 늙은이는 뭐야?"

조폭인 걸 알 텐데 오라 가라 하니 아무래도 신경이 쓰이는 모양이다.

"우리 사장님 찾아온 손님입니다."

"그래? 씨발, 어떤 새낀지 몰라도…… 오늘 잘못 걸렸어."

말과 함께 사내가 포장마차 쪽으로 뚜벅뚜벅 걸어갔다.

그리고 이극렬 경감의 앞에 우뚝 서서는 날선 음성으로 말했다.

"나는 마포에 있는 일신상사의 강한일이오. 어디 쪽에서 온 분입니까?"

이극렬 경감이 신분증을 내밀었다.

"야 새끼야! 난 경찰청 이극렬 경감이다! 너 이 새끼, 왜 죄 없는 시민을 오라 가라 해? 네가 경찰이야? 먹으러 왔으면 얌전히 처먹고 가! 알았어?"

"예, 예, 저는 그냥, 뭐 좀 물어볼 게 있어서…… 잠깐 사장님을 찾았던 겁니다. 다른 의도는 없었습니다."

강한일이 바로 머리를 조아렸다.

조폭에게 고위직의 경찰은 염라대왕이나 마찬가지였다.

"너 오늘 운 좋은 줄 알아. 앞으로 강 선생님 근처에 얼쩡거리기만 해봐. 일신상산지, 일진상산지 아주 박살을 내버릴 테니까. 가봐, 인마!"

이극렬 경감이 파리를 쫓듯 손을 휘저었다.

"예! 좋은 시간 되십쇼."

강한일은 면죄부라도 받은 죄수처럼 구십 도 각도로 인사를 해보이고는 왔던 길을 돌아갔다.

함께 왔던 세 명의 조폭들이 그 뒤를 우르르 따라갔다.

이극렬 경감이 머리를 설레설레 저었다.

"저놈들 자주 올 것 같은데…… 괜찮으시겠습니까?"

"다 제 손님인데요 뭐."

"하하, 역시 대단하십니다."

이극렬 경감은 강유진의 말을 단번에 알아들었다. 조폭들에게 퉁챠오를 팔겠다는 것이리라.

멋모르고 자릿세를 뜯으러 올 조폭들을 생각하니 웃음이 나왔다.

"에이, 뭘요. 돈 내고 음식 먹으면 다 똑같은 손님인 거죠. 그렇지 않나요? 사장님?"

강유진이 심심해 보이는 포장마차 주인을 끌어들였다.

포장마차의 주인이 헤벌쭉 웃으며 답했다.

"아무렴요. 다 손님이죠."

이극렬 경감은 그 뒤로도 한 시간이나 더 있다가 갔다.

그리고 잠시 후 밤 12시가 되자 강유진은 스낵카의 영업을 종료시켰다.

뒤늦게 장사에 재미가 붙은 이정우가 '몇 그릇만 더 팔게 해달라' 고 사정했지만 요지부동이었다.

* * *

원룸텔의 작은 침대 위에서 이정우가 몸을 뒤척였다. 억지로 자리에 누웠지만 잠이 오지 않았다. 연말이라 그런지 사람들은 밤이 깊을수록 더 많았다. 상인들이 대목이라고 하는 이유를 알 것도 같았다. 낮보다 밤에, 초저녁보다 늦은 밤에 사람이 더 많았다.

'사람이 바글거릴 텐데…….'

사람 하나하나가 다 그릇 숫자로 보였다.

한두 시간만 더 장사를 해도 30그릇은 팔 수 있을 것 같았다.

팔다가 남은 식재료를 생각하니 아까워서 잠도 안 왔다. 아직은 재료지만 아침이면 쓰레기로 분류될 것들이었다.

뒤척이던 이정우는 결국 부스스 일어서고 말았다.

'형님에게 한 시간만 더 하자고 말해야겠다.'

한 시간이면 재료의 절반 이상은 팔 수 있을 것 같았다. 돈도 벌고 재료도 아끼고 일석이조가 아닌가!

강유진의 방문은 마침 조금 열려 있었다.

안을 들여다보니 컴퓨터만 켜져 있고 사람은 보이지 않았다.

"형님?"

없다는 걸 알면서도 이정우는 형님을 찾았다.

대답이 있을 리가 없다.

잠시 머뭇거리던 이정우가 방 안으로 슬그머니 들어갔다.

책상 위에 스낵카의 열쇠가 보였다.

이정우는 스낵카의 열쇠를 챙기고 다시 밖으로 나왔다. 아직 강유진은 그림자도 보이지 않았다.

"잠도 안 오는데 바람이나 쐴까?"

옆에 누가 있기라도 한 것처럼 이정우가 중얼거리며 걸어갔다.

샤워를 마치고 돌아온 강유진은 스낵카의 열쇠가 사라진 줄도 몰랐다.

의자에 털썩 앉아 부지런히 마우스를 움직였다. 오늘밤도 아케론닷컴에 접속을 하려는 것이다.

김정숙 씨가 '감사하다' 는 글을 남겼다.

강유진은 김정숙 씨가 남긴 글을 읽으며 피식 웃었다.

어쨌든 이로써 의뢰 받은 일들 중 두 개가 무사히 끝났다. 미국의 일은 잘 해결되었다고 하니, 100%의 성공률을 보이고 있는 셈이다.

"장사도 잘되고…… 좋은 일만 계속되는군."

그랬다. 새로운 인생을 살기로 작정한 뒤부터, 너무 잘 풀리고 있었다.

"잘나갈 때 조심해야 되는데……."

호사다마(好事多魔)라고 하던가? 하지만 강유진은 그런 일이 일어나지 않기를 바랐다. 지금처럼 -소박한 성공과 소박한 행복 속에서- 조용히 살고 싶었다. 그것이야말로 과거의 모든 구차한 일들에 대한 속죄와 보상이라고 생각했다.

*　　*　　*

전화벨 소리가 시끄럽게 울려댔다.

처음에는 다른 방 누군가의 벨소리라고 생각했다. 원룸텔의 벽은 얇았으니까.

하지만 너무 생생한 소리에 눈을 뜨고 말았다. 아무래도 귀에 익은 멜로디가 자신의 휴대전화 같았다.

눈을 비비며 벽에 걸린 시계를 보니 아침 7시. 누군가와 전화를 주고받기에는 이른 시간이다.

"게다가 나한테는 이 시간에 전화할 사람도 없다고……."

투덜거리던 강유진은 겨우 정신을 차리고 전화를 받았다.

"여보세요?"

잠결이라 목이 꽉 잠겼다. 하지만 상대는 그런 것에 관심이 없는 듯 자기 할 말만 했다.

"강유진 씨 본인 맞습니까?"

"네."

"스낵카 5789 소유주 되시죠?"

"네, 그런데요?"

"여기는 마포경찰서 홍익지구대입니다. 강서구 시설관리공단에서 견인된 차량 찾아가시고요. 홍익지구대로 참고인 진술하러 나와주시기 바랍니다."

"네? 그런데 무슨 일로?"

잠이 확 달아났다.

상대는 여전히 감정이 없는 소리로 짧게 말했다.

"이정우 씨 아시죠?"

"네."

"강도상해 사건입니다. 오늘 새벽 스낵카에 3인조 강도가 들었습니다. 자세한 이야기는 서에 와서 하시죠."

"강도요? 정우는 어떻게 되었습니까?"

"마포종합병원에 입원 중입니다."

강유진은 전화를 끊고도 한동안 멍한 표정이었다.

뒤늦게 정신을 차리고 보니 스낵카의 열쇠가 보이지 않았다. 장사를 더 하고 싶다고 난리를 치더니 몰래 가지고 나갔다가 변을 당한 모양이다.

옷을 주섬주섬 걸쳐 입는데 손이 떨려 몇 번인가 놓치고 말았다.

병원이라니?

조금 전까지 같이 장사를 하고 돌아왔는데?

이따가 같이 재료를 사러 가자고 부르러 나갈 참이었는데?

강유진은 한걸음에 마포종합병원으로 달려갔다.

하지만 중환자실에 누워 있는 이정우를 만날 수는 없었다.

강유진이 병실 앞에서 한숨을 푹푹 쉬고 있을 때다.

간호사 하나가 다가와 물었다.

"환자 가족이세요?"

"아닙니다. 그냥 잘 아는 형입니다."

"그럼, 혹시 보호자 연락처는 아시나요?"

"네."

"저어, 그럼요. 환자분이 위독하니까…… 가족에게 꼭 좀 연락해 주세요."

"위독하다고요?"

"네…… 선생님께서 오늘을 넘기기 힘들 거라고 말씀하셨어요."

"……."

강유진은 고개를 떨구었다.

믿어지지 않는 일의 연속이다. 안 본 지 몇 시간 만에 강도를 당하고, 이제는 생명이 위태롭단다.

간호사가 멀어지자 강유진은 휴대전화를 꺼냈다.

그리고 김정숙 씨의 번호를 찾아 통화 버튼을 눌렀다.

묵묵히 신호음을 듣고 있는데 어지러웠다.

현기증에 눈을 감을 즈음 김정숙 씨의 음성이 들려왔다. 아들의 상황을 모르는 김정숙 씨의 음성은 밝기만 했다.

*　　*　　*

강유진은 김정숙 씨가 오기를 기다렸다가 홍익지구대로 갔다.

스낵카 강도상해의 담당을 찾으니 멀리서 젊은 경관 하나가 손짓했다.

"거기 아저씨, 이쪽으로 와요!"

어딘지 모르게 고압적인 말투다.

강유진은 저도 모르게 상대의 이름을 확인했다.

박경철 경장이다.

"빨리 끝냅시다. 이름."

"저요?"

"그럼 여기 누구 또 있어요?"

"강유진입니다."

"주민번호."

"770921……."

"오늘 새벽에 있었던 일을 말해봐요."

"저는 12시까지 장사를 하고 돌아가서 잤습니다."

"강유진 씨가 스낵카 주인이죠?"

"네."

"그런데 왜 이정우가 스낵카에서 장사를 하고 있었습니까? 둘이 어떤 관계예요?"

"정우는 제가 고용한 아르바이트생입니다. 장사가 좀 잘되니까 정우가 더 팔고 싶어 했어요. 그래서 제가 준비해 간 재료가 떨어지면, 정우에게 알아서 장사를 하라고 했습니다."

"그 말은 이정우 혼자서 스낵카를 운영했다는 말인가요?"

"제가 옆에서 같이 봐주지만…… 그때부터는 정우가 주인인 셈이나 마찬가지였죠."

"옆에서 같이 봐준다고요? 그런데 오늘 새벽에는 왜 함께 있지 않았습니까?"

"원래 밤 12시까지만 장사를 하고 쉬기로 했어요. 정우에게도 시간이 남으면 검정고시 준비를 하라고 했죠. 그런데…… 장사가 잘되니까…… 저 모르게 차를 가지고 나갔던 모양입니다."

"그러니까 강유진 씨는 12시에 장사를 마치고 돌아와서 쉬었는데, 이정우가 스낵카를 가지고 나가서 다시 장사를 했다는 거죠?"

"네."

강유진이 맥없이 고개를 끄덕였다.

"강유진 씨는 스낵카가 사라진 걸 언제 알았습니까?"

"오늘 새벽에 경찰서에서 전화를 해줘서 알았습니다. 제가 뭘 잘 챙기고 그런 성격이 아니라서."

"스넥카 주변 포장마차 주인의 말에 따르면…… 어제 밤에 근처의 불량배들과 시비가 있었다고 했는데…… 그것과 관계해서 생각나거나 마음에 걸리는 부분은 없습니까?"

"별로 없습니다. 그 뒤로 그 사람들을 보지 못해서……."

박경철 경장은 더 묻지 않았다.

대화는 그렇게 흐지부지 끝이 났다.

잠시 후 박경철 경장이 모니터를 응시하며 말했다.

"강유진 씨가 한 말을 불러줄 테니까, 맞는지 아닌지 확인해 주세요."

곧이어 박경철 경장이 지금까지의 일을 간략하게 요약했다.

강유진은 자신의 말과 크게 다르지 않자 고개를 끄덕였다.

"맞습니다. 그런데, 저는 아직 무슨 일이 있었는지 구체적으로 듣지 못했습니다. 정우가 당한 일을 알려주십시오."

"음, 3인조 강도가 들었습니다. 두개골이 함몰됐고, 배를 열세 번 찔렸습니다. 목격자 증언에 따르면 먼저 망치로 머리를 날렸다는군요. 쓰러지니까 곧바로 올라타서 칼로 찌르고 달아났답니다. 동종 전과자들을 상대로 조사하고 있으니까, 곧 소식이 있을 겁니다."

"……꼭 잡아주십쇼!"

"알겠습니다. 그만 돌아가도 됩니다."

말과 함께 박경철 경장이 서류철을 덮었다.

강유진이 자리에서 일어나 꾸벅 인사를 하고 돌아섰다.

강유진이 밖으로 나가자마자 누군가 물었다.

"박 경장, 김 의원 자동차에 오물 투척한 애들 어떻게 됐어?"

"CCTV 분석 중입니다."

"그 시간에 손에 뭐 들고 다닌 애들 죄 다 조사해."

"한 경사님, 그럼 스낵카는요?"

"인마, 그런 건 강력계에서 하라 그래. 우리가 무슨 A특공대인 줄 알아? 조서 꾸며서 올려 보내."

"이번 달만 살인 사건이 다섯 건인데…… 휴우……."

"살인 사건 해결하고 싶으면 오물 투척한 애들 먼저 잡아."

"아니, 가뜩이나 일손도 부족한데…… 세차 한번 하면 되지 그걸 왜 잡으라고 난리래요?"

"인마, 국격을 위해서라잖아. 국격. 의원이 까라면 까지 뭔 말이 많아!"

박경철 경장이 매만지던 파일을 서랍에 넣었다.

그리고 CCTV 더미로 손을 뻗었다.

"나와라, 국격을 떨어뜨린 새퀴들아……."

*　　*　　*

이정우는 중환자실에서 하루를 넘기지 못했다.

이정우의 시신은 어머니의 요청에 따라 -삼일장을 치른 뒤- 화장을 했다.

유골은 남한산성에 뿌리기로 했다.

마지막 날 강유진은 이정우의 유골함을 안고 남한산성에 올랐다.

산 위에 오르자 김정숙이 처음으로 입을 열었다.

"애 아빠도 화장을 했어요. 남한산성을 좋아해서…… 여기에 뿌렸죠."

"……."

"내가 정우를 죽인 거 같아요."

"……."

"내가 정우를 찾지만 않았어도…… 잘 살았을 텐데……."

"……."

강유진은 아무런 말도 할 수가 없었다.

"며칠 전에 몰래 장사하는 걸 구경 간 적이 있어요. 열심히 잘하더군요. 한 그릇 사주고 싶었지만 싫어할 것 같아서…… 그냥 돌아섰어요. 그때 욕을 먹더라도…… 한 그릇 사먹을 걸 그랬어요."

"정우는 어머니를 싫어하지 않았습니다."

"알아요. 그래서 컴퓨터도 사줬겠죠. 내가 나쁜 년이에요. 항상 그랬어요. 정우는 착했어요. 문제를 일으키는 건 저였어요."

"……."

"주세요. 내가 보내고 싶어요."

강유진이 유골함을 건넸다.

김정숙은 유골함을 안고 한참 동안 멍하니 서 있기만 했다.

유골을 한줌씩 꺼내 허공에 뿌리던 김정숙이 말했다.

"무엇이든 다 해결해 준다고 했었죠?"

"……네."

"복수해 주세요."

"……."

"저도 들었어요. 우리 정우…… 머리가 부서지고…… 배를 열세 번이나 찔렸다고 하더군요."

"……."

"그놈들을 찾아서…… 죽여주세요."

"복수는…… 하지 않습니다."

"왜요? 남의 일이라서 그런 건가요?"

"복수는…… 똑같은 괴물이 되는 것뿐이니까요."

김정숙이 돌아섰다.

"카론 님의 가족이 당해도 그렇게 말할 수 있어요?"

"……."

*　　*　　*

남한산성에 이정우의 유골을 뿌리고 돌아온 강유진은 스낵카를 몰고 홍대 근처로 나갔다. 따지고 보면 지금까지 혼자 지낸 것이나 마찬가지였지만, 딱히 혼자라는 느낌은 없었다. 그런데 이정우가 빠진 자리는 컸다. 강유진은 무심코 이정우의 이름을 몇 번이나 불렀다.

"정우야, 물 가져와라."

"정우야, 면 몇 개 남았냐?"

그럴 때마다 강유진은 진하게 밀려드는 공허함에 멍한 표정을 짓곤 했다.

새벽의 칼부림을 모르는 사람들이 간혹 '함께 일하던 사람 어디 갔어요?' 라고 물었다.

강유진은 그때마다 '고향에 갔어요' 라고 답했다.

그렇게 며칠이 지났을까?

강유진은 그날도 일어나자마자 일단 지구대로 달려갔다. 강도범들에 대한 새로운 소식이 있는지 궁금해서다.

지구대로 들어가자마자 강유진은 박경철 경장을 찾았다. 스낵카 강도 사건에 대해 다른 사람들은 거의 몰랐기 때문이다.

강유진과 눈이 마주치자 CCTV를 살피고 있던 박경철 경장이 인상을 찡그렸다.

"수고 많으십니다. 살인범들에 대한 새로운 소식은 없나요?"

"없습니다. 그래도…… 조만간 소식이 있을 겁니다."

박경철 경장은 윗선에 해당 사건을 넘겼으니 수사 중일 거라고 생각했다.

"벌써 일주일인데…… 어느 정도 진척이 있는지……."

강유진의 물음에 박경철 경장이 짜증 섞인 음성으로 말했다.

"아저씨, 살인 사건이 무슨 애들 장난인 줄 아세요? 그리고 아저씨 여기 그만 드나드세요. 아저씨 때문에 공무에 지장이 있단 말입니다."

"그럼, 그 사건에 대해서는 어디서 안내를 받습니까?"

박경철 경장이 한심하다는 듯 강유진을 바라보았다.

"이봐요, 아저씨. 그 죽은 사람이 당신 친동생이라도 돼요? 왜 그렇게 안달을 내요? 오가다가 알게 된 사이 같던데, 그만 신경 끊어요. 그리고 살인범의 수사는 누가 부탁하지 않아도 경찰에서 알아서 합니다. 보호자도 아니라면서 뭘 그렇게 쫓아다녀요?"

"불쌍해서 그래요. 그 불쌍한 애를 잔인하게 죽인 놈들…… 얼굴 좀 꼭 보려고요. 일손이 부족해서 바쁘시겠지만…… 잘 부탁드립니다."

"알았으니까 그만 가라고요! 당신 때문에 공무를 못 본다고!"

"네, 그럼 이만……."

강유진이 자리에서 일어섰다.

강유진과 박경철 경장의 대화를 보고 있던 한동민 경사가 한마디 던졌다.

"이봐, 박 경장, 저 양반 여기 그만 오라고 해. 그 사건 어차피 우리가 수사하고 있는 것도 아니잖아?"

"네? 그게 무슨 소립니까?"

강유진이 한동민 경사와 박경철 경장을 번갈아 바라보았다.

한동민 경사가 몰랐냐는 듯 말했다.

"그거 며칠 전에 마포서로 보냈을 겁니다. 그러니까 마포서에 가서 알아봐요. 여기서는 그런 강력 사건 처리 못 해요. 당신 눈으로 봐봐요. 여기에 그런 거 맡을 사람이 있어 보이나."

그제야 강유진이 지구대를 둘러보았다. 아닌 게 아니라 경찰 두 명이 잡무를 보고 있었다. 거의 방범순찰대 분위기다.

강유진이 박경철 경장에게 시선을 돌렸다.

"박경철 경장님, 그럼 진즉에 그렇다고 말을 해줬어야죠. 그럼 내가 마포서에 갔을 거 아닙니까? 올 때마다 CCTV를 들여다보고 있어서 수사라도 하고 있는 줄 알았잖아요."

박경철 경장이 짜증난다는 듯 답했다.

"이제라도 알았으면 가보쇼."

"……."

멍하니 서 있던 강유진이 화를 버럭 냈다.

"이봐요! 지금까지 사람을 속였으면 사과를 해야지, 그런 말이 어딨습니까!"

"누가 누굴 속였다고 그래! 그리고 어디서 소리를 질러! 당신! 공무집행방해로 잡혀 들어가고 싶어? 공권력이 땅에 떨어졌다고, 개나 소나 경찰서에서 난동을 부리네!"

박경철 경장이 오히려 큰 소리를 쳤다.

처음 조서를 꾸밀 때까지만 해도 상대에 대한 악감정은 없었다. 문제는 적극적으로 찾아오는 상대에게 말할 기회를 놓쳤다는 것뿐이다. 자신이 잘 아는 바닥이라 수사에 미련이 남아 있어서 그랬을 수도 있다. 아니, 어쩌면 건성으로 대응하다 보니 생긴 일인지도 몰랐다.

그것이 엉뚱하게 감정싸움으로 번지고 있었다.

일단 감정싸움으로 접어들면 논리나 이성보다는 힘을 가진 사람이 승리하기 마련이다.

"야, 새꺄! 경찰이 호구로 보여?"

공권력을 앞세운 박경철 경장은 평소에 쓰지도 않던 곤봉까지 빼들었다.

그렇다고 기가 죽을 강유진이 아니다.

"뭐? 어린 사람이 어디다 대고 욕이야! 그리고 수사를 하고 있는 척하면서 나를 물 먹였으면 당신이 사과를 해야지! 여기서 공무집행방해가 왜 나와!"

"너 이 새끼! 지구대에서 행패 부렸으니까 현행범으로 체포하겠다!"

두 사람의 언성이 높아지자 한동민 경사가 강유진을 말렸다.

"박 경장, 그만해! 당신도 그만하고 가. 자꾸 소란 피우면 진짜 콩밥 먹는 수가 있으니까."

강유진이 처연한 음성으로 되물었다.

"경사님, 아무리 팔이 안으로 굽는다고 하지만…… 이러면 안 되는 거잖아요. 왜 수사하지도 않으면서 하고 있는 척…… 사람을 희롱합니까?"

한동민 경사가 떨떠름한 표정으로 말했다.

"마포서에서 한다니까 안 하긴 뭘 안 해요? 박 경장이 놀면서 안 한 것도 아니잖아요. 걔도 요즘 민원 때문에 날밤 새서 예민해요. 그러려니 하고 가요. 어서 가라니까!"

한동민 경사가 강유진의 등을 떠밀었다.

전후 사정을 아는 한동민 경사로서는 강유진이 조용히 물러나 주기를 바랐다. 어차피 지구대에서 해결할 수 없는 일이니 버티고 있어 봤자 답도 없었다.

문 앞까지 밀려나가던 강유진이 갑자기 홱 돌아서 소리쳤다.

"야! 박경철! 너도 경찰이면 경찰답게 행동해, 인마! 네가 도서관 사서야? 그래서 서류작업밖에 못 해? 아니면 비디오 대여점 주인이야?"

"나가, 나가!"

한동민 경사가 겨우 강유진을 쫓아내고 문을 닫았다.

"아휴! 질기다 질겨. 박 경장, 신경 쓰지 말고 CCTV 마저 봐. 오물 투척한 새끼들 잡아야지."

"안 해요! 뭐 저런 새끼가 다 있어! 씨발, 누군 하기 싫어서 안 하나!"

부잡스러운 민원이 많아 수사를 할 시간이 없었을 뿐이다.

씩씩거리던 박경철 경사가 벌떡 일어섰다.

"한 경사님, 나 순찰 좀 갔다 올게요."

"뭔 순찰?"

"답답해서 그래요."

"야야, 너 또 괜히 그 남자 따라가서 사고 치지 마라."

"그놈 말고…… 알아볼 게 있어서 그래요."

"뭘 알아봐?"

"클럽에서 마약 먹고 사고 치는 유학생들이 있다는 얘길 들은 거 같아서요. 좀 알아보려고요."

"야, 그냥 작은 일에 충성하자."

"망치에 칼질은 좀 잔인하잖아요. 보통 정신 가지고는 못 할 거 같지 않아요?"

"박 경장, 큰 사건에 휘말리면 장수하는 데 지장 있다. 안전제일 복지부동 몰라?"

"국수 파는 놈한테까지 저런 소리 듣고 어떻게 앉아 있어요? 매일 CCTV 들여다보고 있었더니 비디오 대여점 주인이라잖아요!"

"그럼 의원님 차에 오물 뿌린 놈들은 누가 잡아?"

"몰라요. 그거 좀 묻었다고 사람 죽는 것도 아니고. 돌아보고 올게요."

박경철 경장이 뒤도 돌아보지 않고 나갔다.

"야! 소장님 오시기 전에 와라!"

제6화

마법소녀 나노하?

강유진은 마포경찰서까지 갔지만, '살인 사건이 관내에 열세 건이나 밀려 있다'는 말에 힘없이 돌아서야 했다. 닥치지 않았을 때는 몰랐는데 무슨 놈의 범죄가 그렇게 많은지. 떠나면서 돌아보니 사연을 가진 사람들이 꼬리를 물고 경찰서로 몰려가고 있다.

원룸텔에서 시간을 보내다가 식재료를 보충한 뒤에 6시가 되자 홍대로 스낵카를 몰고 나갔다.

그리고 습관처럼 통챠오를 끓여 팔기 시작했다.

밤 9시가 넘었을 때다.

맞은편의 포장마차 주인이 달려와서 오늘은 빨리 들어가란다.

"왜요?"

"그냥 들어가. 뭘 그렇게 물어."

"12시까지는 할 거예요."

한숨을 쉬던 주인이 혀를 차며 말했다.

"쯧! 오늘 금요일이잖아. 그놈들 수금하러 오는 날이야. 자네는 차로 다니니까 움직이기도 쉽잖아. 그러니까 얼른 들어가."

"아저씨, 돈 내고 장사했어요?"

"세상에 공짜가 어딨어?"

"……."

강유진은 고개를 저었다.

답답한 듯 몇 번 쳐다보던 주인은 다시 포장마차로 달려갔다.

어디선가 아가씨 다섯이 우르르 몰려왔다.

아가씨들은 소문 듣고 왔다면서 퉁챠오 다섯 그릇을 시켰다.

아가씨들이 퉁챠오를 거의 다 먹어갈 무렵, 낯익은 얼굴들이 몰려왔다.

힐끔 보니 마포 일신상사의 강한일과 그를 따라다니던 사내 셋이다.

강한일이 환하게 웃으며 다가와 한쪽에 자리를 잡았다.

곧이어 두꺼비가 강유진을 향해 소리쳤다.

"여기 네 그릇 주쇼."

"예."

강유진은 묵묵히 네 그릇을 말아 사내들의 자리로 가져갔다.

강한일이 나무젓가락을 털며 의미심장하게 말했다.
"다른 데로 옮겼을 줄 알았는데…… 젊은 친구가 용하네."
"옮길 이유라도 있나요?"
"데리고 있던 알바생이 죽었다니까 하는 소리지. 하여튼 우리야 좋지."
강유진이 대뜸 강한일에게 손을 내밀었다.
"뭐야?"
"네 그릇에 만 이천 원입니다."
"……."
황당한 표정으로 눈을 끔뻑이던 강한일이 두꺼비를 노려보았다.
"이 개XX야! 내가 교육시켜 놓으라고 그랬어, 안 그랬어? 아 씨발, 마포에서 나한테 손 벌리는 새끼가 다 있네."
"죄송합니다. 형님. 제가 단단히 교육시키겠습니다."
두꺼비가 자리에서 벌떡 일어섰다.
분위기가 흉흉해지자 아가씨들이 자리에서 일어났다.
깜짝 놀란 강유진이 손가락으로 두꺼비와 강한일을 가리키며 말했다.
"두 사람, 잠깐 기다려요. 계산하고 다시 올 테니까."
말과 함께 강유진이 빠른 걸음으로 여대생들에게 다가갔다.
"하하, 맛있게 드셨나요? 원래 밤이 되면 날파리들이 꼬이는 법이죠. 금방 정리해 드렸을 텐데…… 괜히 입맛 버리지 않으셨나 모르겠네요."

"어, 얼마예요?"

아가씨 하나가 조폭들을 힐끔거리며 물었다.

"다섯 그릇이니까 만 오천 원입니다."

"여기요……."

계산을 마친 아가씨들이 주춤주춤 뒷걸음질 쳤다. 하지만 아가씨들은 호기심 때문인지 금방 떠나지는 않았다.

여자들 중 하나가 방금 계산을 한 여자에게 속삭였다.

"은미야, 가자. 무서워 죽겠어."

"잠깐 기다려 봐. 좀 보다가 저 아저씨 맞으면 신고해 줘야지."

"어머, 무슨 신고야. 조폭들에게 보복 당하려고."

"지나가면서 신고하면 누가 했는지도 몰라. 가만 좀 있어봐."

귀가 밝은 강유진은 피식 웃을 수밖에 없었다. 그래도 험한 세상인데 신고를 해준다니 대견한 아가씨가 아닌가?

가만히 앉아 있던 강한일이 탁자 위를 손으로 쓸었다.

와장창.

그릇들이 길바닥 위로 쏟아졌다.

"생각할수록 열 받네. 저년들은 다 먹고 계산하는데, 우리는 왜 먹기 전에 돈을 내야 돼? 성차별이야? 씨발."

강한일이 동생들을 향해 느긋하게 말했다.

"저 새끼 C코스로 돌려!"

"예, 형님!"

두꺼비가 히죽 웃어 보였다.

강한일에게 A는 묻고, B는 뼈를 부러뜨리고, C는 가볍게 피만 보는 것이다. 스낵카가 사업성이 있어 보이니 다치게 할 마음은 없는 모양이다.

두꺼비가 사내 셋을 데리고 강유진에게 다가갔다.

"어휴! 이 복 받은 새끼. 우리 형님을 열 받게 하고도 겨우 C코스라니. 전생에 은하계라도 구했냐?"

강유진이 담담한 음성으로 말했다.

"오늘 형이 화가 좀 많이 났거든. 그러니까, 너희가 좀 이해를 해줘야겠다."

말과 함께 강유진이 가볍게 발을 굴렀다.

"에르 쉬 바쿰."

순간 칙칙한 아스팔트 바닥에 세 개의 서클이 나타났다.

서클은 하나로 융화되는가 싶더니, 이내 고운 빛을 뿌리며 사라져 갔다.

"어머, 너 저거 봤어?"

은미라는 아가씨가 친구의 팔을 잡아 흔들었다.

"뭐? 왜?"

"저 아저씨 발밑에서 뭐가 번쩍였잖아. 애니메이션에 나오는 마법진 같은 거!"

"야! 어디서 레이저라도 쐈나 보지. 요즘 그런 광고 많잖아."

"이 근처에 그런 가게가 어딨다고 그래?"

"정신 좀 차려. 그럼 저 아저씨가 '마법소녀 나노하'라도 된단 말이야? 진짜 마법진을 만들었다고 생각하는 거야? 정신 차려."

"꼭 그렇다는 말은 아니고……."

"그럼 그냥 좀 보자. 분위기 보니까 금방 끝날 것 같은데."

"……."

여자들의 시선이 한쪽으로 향했다. 아닌 게 아니라 이제 막 일대 삼의 싸움이 시작되려는 것처럼 보였다.

"벤투스, 헤이룸 이니."

후두둑.

강유진의 옷이 한순간 부풀었다가 가라앉았다.

전처럼 따로 몸을 보호하지는 않았다. 이제는 속도가 빨라진 것만으로도 충분했다.

오연한 자세로 서 있는 강유진의 머리 위로 서늘한 바람이 휘몰아쳤다. 벤투스가 그의 주변을 맴돌고 있는 것이다.

"형님……."

제비가 두꺼비를 힐금 바라보았다.

스낵카 주인에게서 느껴지는 기이한 분위기 때문이다. 언제부터인가 살갗이 따끔거리고 온몸에 소름이 끼쳤다.

"새끼, 쫄기는……. 그러니까 평소에 운동을 해두라고 했잖아."

두꺼비가 제비의 뒤통수를 후려쳤다.

두꺼비가 보기에 제비는 여자들 뒤만 따라다니지 싸움에 도움이 되지 않는 놈이었다.

"조져!"

두꺼비가 말과 함께 주먹을 휘둘렀다.

전직 복서 출신인 두꺼비의 주먹은 전광석화처럼 빨랐다.

마치 두꺼비가 파리를 잡아채듯이 눈 깜짝할 사이에 주먹이 날아갔다.

하지만 강유진의 눈에 비친 그 모습은 슬로우 모션이나 다름이 없었다.

강유진은 두꺼비의 손을 잡아 쭉 뽑으며 어깨를 상대의 겨드랑이에 밀어 넣었다. 그리고 부드럽게 매쳤다.

철퍼덕.

아스팔트 위로 던져진 두꺼비는 진짜 패대기쳐진 두꺼비처럼 사지를 발발 떨었다.

깜짝 놀란 제비가 달려들며 두 팔로 강유진을 감싸 안았다.

아니, 안으려고 했다.

하지만 그전에 강유진의 팔꿈치가 제비의 콧잔등을 찍었다. 어찌 보면 마치 제비가 강유진의 팔에 코를 갖다 박은 것 같았다.

곧이어 외마디 비명과 함께 제비가 바닥을 굴렀다.

마지막으로 남아 있던 사내가 머뭇거리며 강유진의 주변을 돌았다.

"빨리 와."

강유진이 손가락을 까닥거렸다.

순간 흥분한 사내는 투우장의 소처럼 저돌적으로 달려갔다.

한 걸음 비켜선 강유진이 사내의 손을 잡는가 싶더니 어깨로 매쳤다.

철퍽.

거구의 사내는 허공에서 빙글 돌아 땅바닥에 처박혔다.

그 충격으로 사내는 정신을 잃었는지 꼼짝도 하지 않았다.

강한일이 자리에서 천천히 일어섰다.

얼굴에는 긴장한 빛이 역력했다. 상대의 몸이 너무 빨라 어떻게 손을 썼는지 확인조차 못한 까닭이다.

"씨발, 너 뭐하는 새끼야?"

"나? 스낵카 CEO."

"너, 이 새끼, 우리 직원들을 개 패듯 패고도 무사할 줄 알아? 우리가 마포 일신상사 사람들이야, 새끼야!"

"거기 애들은 다 너처럼 입으로 싸우냐?"

강한일이 품 안에서 발리송(Balisong)을 뽑아들었다.

"씨발 놈, 조용히 끝내려고 했더니 일을 벌이는구나."

쉬익. 쉭.

가로등 조명 아래 칼날의 하얀 궤적이 그림처럼 일렁거렸다.

"너, 칼 좀 쓰는 놈이구나. 자고로 칼로 흥한 자는 칼로 망한다고 했다. 오늘이 너 망하는 날이다."

"조까!"

쉬익.

발리송의 하얀 날이 강유진의 팔꿈치를 스치고 지나갔다.

순간 강유진이 따라붙으며 강한일의 손을 움켜잡았다.

그리고 바싹 붙어 어깨를 밀어 넣으며 강한일의 몸을 허공으로 띄웠다.

쿵.

강한일의 몸이 바닥에 처박혔다.

그때까지도 강유진은 강한일의 손목을 잡고 있었다.

덕분에 떨어지면서 강한일의 손목이 완전히 꺾여버렸다.

뒤늦게 강한일의 입에서 비명이 터져 나왔다.

"크악!"

"뭐야, 마포의 일신상사? 동네 양아치들 모인 곳이야?"

"너, 죽는다! 개XX야!"

강유진이 부러진 강한일의 손목을 건드렸다.

"끄아악! 그, 그만!"

"욕하면 안 돼. 다시 말해봐."

"놔, 놔!"

강한일의 손목이 흔들렸다.

"악!"

"놔주세요! 제발!"

그제야 강유진이 손을 풀었다.

강한일이 덜덜 떨며 뒷걸음질 쳤다.

"인마, 나 여기 있을 테니까 가서 일신상사인지 뭔지 다 오라고 해. 안 오면, 여기 있는 애들 전부 내가 잡부로 부려먹을 거야. 알았어?"

"크윽! 씨발 XX! 도망이나 가지 마라!"

"얼른 가, 인마. 니들이 아는 애들 싹 모아와. 오늘 형님 기분이 좀 그러니까, 아주 제대로 놀아보자."

"으으! 기다리고 있어라! 개XX야!"

"형 여기서 장사하고 있을게. 싹 모아와."

강한일이 저주를 퍼부으며 어둠 속으로 사라져 갔다.

강유진은 조폭들을 끌어모아 한쪽에 모아두었다.

그리고 다시 그릇을 정리하기 시작했다.

멀리서 구경하던 아가씨들과 지나가던 사람들이 우르르 몰려왔다.

"와아! 아저씨 진짜 짱이다!"

"와! 난 영화 찍는 줄 알았네. 진짜였어요?"

"아저씨, 저 사람들 진짜 조폭이에요?"

사람들이 한마디씩 하자 금방 소란스러워졌다.

"여기 장사해야 하니까, 퉁차오 먹을 분 아니면 가주세요."

젊은 남자 몇이 대충 자리를 잡고 앉았다. 이 활극의 끝을 보고 싶다는 열망에 퉁차오를 사먹기로 작정한 것이다.

자기들끼리 연신 수다를 떨던 아가씨들은 결국 발길을 돌렸다.

배도 부르지만, 기본적으로 조폭들과 다시 마주치고 싶은 마음이 없었던 것이다.

11시가 넘어가자 마포의 일신상사 소속의 수십 명이 모여들었다.

검은 양복의 사내들이 익숙한 동작으로 주변을 통제했다.

구경하겠다고 남아 있던 청년들은 사내들의 기세에 눌려 하나둘 흩어졌다.

드디어 스낵카 주변에 일반인이 하나도 남아 있지 않게 되자, 어둠 속에서 한 남자가 뚜벅뚜벅 걸어 나왔다.

사십 대 후반의 탄탄한 몸집의 남자가 스낵카 앞에 놓인 의자에 걸터앉았다.

강유진은 차 안에서 묵묵히 그릇을 닦았다.

말없이 앉아 있던 남자가 강유진에게 물었다.

"그쪽이 스낵카 주인이요?"

"네. 퉁차오 드시려고 왔습니까? 아니면……."

강유진이 아무렇지도 않은 표정으로 남자와 주변의 사내들을 둘러보았다.

"난 일신상사의 대표인 한영권이오. 당신이 우리 직원들을 손봤다고 해서 와봤소."

"직원은 모르겠고, 몇 놈이 삥 뜯으러 왔기에 주의를 준 적은 있습니다."

"하하, 요즘 같은 세상에 보기 드문 사람이로군. 하지만 자신이 너무 무모하다고 생각하지는 않나?"

강유진이 한영권을 지그시 바라보았다.

"지금의 나에게는 딱 두 종류의 사람이 있어. 손님이 아니면 지나가는 사람이지. 그 이외에는 모두 개XX야."

한영권이 자리에서 일어섰다.

뒤쪽에서 남자 하나가 빠르게 달려와 한영권의 뒤에 섰다.

"신 변호사, 이 남자가 우리 직원들을 여럿 상하게 했는데…… 어떻게 해야 하지?"

일신상사의 변호사인 신재호가 조심스럽게 답했다.

"대표님, 상해 정도에 따라 다르겠지만…… 일단 합의금으로……."

"푸하핫!"

강유진이 배를 잡고 웃었다.

"아, 이 새끼들, 단체로 개그하고 있네. 조폭 새끼들이 변호사를 불러서 무슨 개소리야? 야 이 새끼야! 내가 그렇게 물러 보이냐?"

신재호가 긴장한 눈으로 강유진을 바라보았다.

자신이 모시고 있는 한영권은 마포에서 가장 잘나가는 거물이었다. 그런데 그의 앞에서 거침없이 욕을 하고 있는 남자라니?

한영권이 인상을 찡그리며 신재호를 바라보았다.

"신 변호사, 법으로 안 된다니 이따가 다시 부르지. 가보게."

"예……."

신재호가 돌아설 때다.

강유진이 차 밖으로 걸어 나가며 말했다.

"가긴 어딜 가, 새끼야. 니들은 내 앞에 나타난 순간부터 다 내 거야. 변호사 좋아하네. 조폭들 똥구멍이나 핥아주는 주제에. 이리 와, 새끼야."

신재호가 멍한 얼굴로 돌아섰다.

한영권이 어이없다는 표정으로 소리쳤다.

"이 자식 미친 거 아냐? 나 한영권이야, 새끼야!"

"난 스낵카 CEO다, 새끼야!"

부들부들 떨던 한영권이 손짓을 했다.

뒤쪽에서 작업복을 입은 남자들 열 명이 달려왔다. 하나같이 손에 파이프를 들고 있었다.

그중 하나가 허리를 숙이며 소리쳤다.

"대표님, 부르셨습니까?"

"저 미친 새끼 좀 밟아놔. 기가 너무 살았어."

"예!"

한영권과 신재호가 한쪽으로 물러섰다.

강유진이 사내들 한가운데로 걸어 들어가며 중얼거렸다.

"에르 쉬 바쿰."

바닥에 세 개의 서클이 나타났다.

서클은 하나로 융화되어 고운 빛을 뿌리며 사라져 갔다.

"벤투스, 헤이룸 이니."

쉬이익.

바람 소리와 함께 강유진의 옷이 부풀었다.

벤투스의 능력이 강유진의 몸에 안착하자 부풀었던 옷은 다시 가라앉았다.

"뭐해! 죽여!"

누군가의 외침과 함께 쇠파이프가 날아들었다.

화가 잔뜩 나 있던 강유진은 손에 잡히는 대로 꺾어서 던졌다.

"악!"

"으악!"

강유진이 사내들 사이를 헤집고 다닐 때마다 비명 소리가 흘러나왔다.

싸움은 오래 걸리지도 않았다.

열 명의 사내가 부러진 팔을 붙들고 아스팔트 바닥을 기어 다녔다.

한영권이 이를 갈며 강유진을 노려보았다.

구사대(집회에 참여하는 노동자를 탄압하는 무리)의 핵심 인원이 모조리 쓰러졌으니 당분간 기업 쪽 청부는 사양해야 할 판이다.

"이런, 씨발…… 뭐해! 저 새끼 묻어버려!"

치를 떨던 한영권의 외침에 양복쟁이들이 우르르 몰려왔다.

모두가 일신상사를 이끌어 가고 있는 정직원들이다. 그중 열 명은 날선 회칼을, 나머지 대여섯 명은 쇠파이프를 들고 있었다.

곧이어 강유진과 조폭들의 싸움이 시작됐다.

회칼이 번득이고, 쇠파이프가 정신없이 휘몰아쳤다.

하지만 강유진의 몸은 마치 급류를 타고 오르는 은어 같았다.

강유진의 움직임이 멈출 때마다 한 사람의 몸이 허공으로 날아갔다.

상대가 무기를 든 조폭들인지라 인정사정없이 매치고 있는 것이다.

대부분 어깨 높이에서 던지다 보니 땅에 떨어진 조폭은 거의 정신을 차리지 못했다.

강유진은 원없이 싸웠다.

손에 걸리면 비틀거나 꺾어서 던졌다.

뒤에서 덮친 칼날에 당하기도 했지만 워낙 빠른 움직임이라 상처는 경미했다.

최근 들어 강유진은 '우다 칼라가덴' 이라는 보호의 주문을 사용하지 않고 있었다. 합기도의 기술이 몸에 익어 속도 증가만으로도 충분한 것도 있지만, 보호막까지 두르면 롤러코스터를 타는 듯한 짜릿함을 느낄 수 없었기 때문이다. 그러고 보면 강유진은 어느새 싸움 자체를 즐기고 있는지도 몰랐다. 초고대 전설 속의 타이탄들처럼 말이다.

시간이 지날수록 강유진의 동작은 더 부드럽고 정확해졌다.

나중에는 흉기를 든 사람들과 약속 대련이라도 하고 있는 것처럼 보일 정도였다.

양복쟁이들이 모두 쓰러지는 데 십 분도 걸리지 않았다.

조폭들을 모두 쓰러트린 강유진이 한영권과 신재호에게 다가갔다.

한영권은 하얗게 질린 얼굴로 우두커니 서 있었다. 압도적으로 강한 상대인지라 어떤 방법도 떠오르지 않았던 것이다.

"마포의 누구라고?"

강유진의 물음에 한영권이 작게 답했다.

"……한영권이오."

"그쪽은 변호사고?"

신재호가 머리를 세차게 끄덕였다.

"저, 저는 단지 법률자문일 뿐입니다. 사업에 대해서는 아무것도 아는 게 없습니다. 정말입니다. 믿어주십시오!"

"닥쳐. 나는 변호사한테 맺힌 게 많은 사람이야."

"……."

잠시 주변을 둘러보던 강유진이 돌연 정중한 어조로 말했다.

"한영권 씨."

"……예."

"부탁 하나만 합시다."

"무슨 말씀이신지……."

"마포 일대에서 망치로 사람 머리 부수고 다니는 3인조 강도가 있어요. 그놈들 어디의 누군지 좀 알아줘요. 그럼 오늘 일 다 잊어줄게요."

"강도 말입니까?"

"3인조 망치 강도."

강유진이 또박또박 끊어서 말했다.

"아, 망치 강도……."

"이것도 인연인데 신세 좀 집시다. 3인조 망치 강도 좀 찾아줘요. 십 일 안에 그놈들 못 찾으면…… 일신상사는 해체되는 겁니다."

"예? 예, 예, 반드시 찾아내겠습니다."

한영권이 일그러진 얼굴로 고개를 끄덕였다.

스낵카 주인을 손봐주려고 왔다가 짐만 떠안았으니 그럴 법도 하다.

"그리고 변호사 양반."

"예?"

"나 이 스낵카 하나 빼면 혈혈단신(孑孑單身)인 사람이야. 부모 형제도 없고, 여자는 물론…… 자식도 없어. 내 앞에서 법 가지고 장난치면…… 다 쓸어버리고 잠수 타는 수가 있어. 지킬 게 없는 사람은 건드리지 않는 게 좋아. 무슨 말인지 알아?"

"예, 예, 모두 정당방위시니…… 어차피 해당 사항도 없으십니다."

신재호는 속으로 '이런 싸움은 아무도 믿어주지 않을 거다'라고 중얼거렸다.

그날 저녁 누군가 '다움' 인터넷 카페에 '전설의 17:1'이라는 동영상을 올렸다. 심야에 휴대전화로 찍어서 화질은 나빴지만 그런대로 알아볼 정도는 됐다. 조회수는 하루 만에 오십만을 돌파했다. 아침에는 또 다른 동영상이 올라왔다. 제목은 '조폭의 굴욕'이었는데 같은 장소에서 다른 사람이 찍은 것이었다.

곧이어 '다움' 인터넷 카페에 '17:1'이라는 이름의 펜카페가 생겼다.

'17:1' 펜카페는 오픈하자마자 가입자 수가 삼만 명을 넘겼다. 덩달아 스낵카와 퉁챠오라는 이름이 나란히 인터넷 검색어 순위 1위에 오르기도 했다.

많은 사람들이 퉁챠오를 먹어보겠다고 홍대로 몰려갔다.

하지만 홍대에 퉁챠오를 파는 스낵카는 없었다. 사람들의 관심에 부담을 느낀 강유진이 다른 곳으로 옮겨버린 탓이다.

얼마 지나지 않아 '동영상이 조작된 것 같다'는 소문이 돌았다.

'17:1' 펜카페도 조작 시비에 휘말려들었다. 욕설과 상호 비난이 난무하는 가운데 '17:1' 펜카페는 결국 문을 닫아야 했다.

'17:1' 펜카페가 생긴 지 고작 열흘 만의 일이었다.

*　　*　　*

한영권이 손에 깁스를 한 강한일을 앞세우고 어디론가 부지런히 걸어갔다.

가끔씩 '아직 멀었어?'라고 묻는 걸 보면 뭔가를 찾아가는 모양이다. 그럴 때마다 강한일은 '거의 다 왔습니다, 형님'이라는 말로 화답했다.

신촌역을 지나 동교동 삼거리에 도착해서도 두 사람의 대화는 비슷했다.

한참 만에 한영권이 짜증을 냈다.

"어디야! 새끼야! 어딘데 계속 다 왔대, 이 새끼가!"

"여기 은행 끼고 골목으로 들어가면…… 저기 보이잖습니까? 형님!"

강한일이 손끝으로 한쪽을 가리켜 보였다.

대낮처럼 밝은 도시의 조명 아래 스낵카 한 대가 서 있다. 그 안에서 부지런히 뭔가 만들고 있는 사람은 바로 강유진이었다.

한영권이 얼른 옷매무새를 바르게 했다.

"가자."

"예, 형님."

이번에는 한영권이 앞장섰다.

강한일이 그림자처럼 한영권의 뒤에 따라붙었다.

때마침 고개를 든 강유진과 한영권의 눈이 허공에서 마주쳤다.

순간 한영권이 두 팔을 활짝 벌리며 너스레를 떨었다.

"어이쿠! 강 사장님! 여기 계신 걸 모르고 한참 찾아다녔습니다!"

"오늘이 마감일인데……."

"알고 있습니다! 제가 누굽니까! 마포의 한영권 아닙니까!"

"그럼?"

강유진의 눈이 빛났다.

"네, 그 새끼들 찾았습니다!"

"어디의…… 뭐하는 놈들입니까?"

"아! 그 개XX들이 말이지요! 본래 노는 바닥의 애새끼들이 아니라서…… 찾아내는 데 시간이 조금 걸렸습니다. 그런데 내가 누굽니까! 마포에서 내가 모르는 일은 없습니다!"

강유진은 가만히 한영권을 바라보았다.

한참 자기자랑과 고생담을 늘어놓던 한영권이 마침내 본론으로 들어갔다.

"그런데 그 개XX들이…… 기가 막힙니다. 집안이 허벌나게 좋은 겁니다. 씨발 놈들이 그 좋은 집에서, 왜 그런 짓을 하고 다녔는지 모를 정도로…… 하여튼 집이 겁나게 좋아요."

"추우니까…… 빨리 끝냅시다. 나하고 오래 얼굴 봐야 좋을 거 하나 없어요."

"아, 네. 그러니까 주범은 박은혁이라는 놈인데 국회의원의 외아들입니다. 이놈이 망치로 찍으면, 양인국이하고 이 뭐시기라고 하는 새끼가 쑤셔대는 겁니다. 이거 완전 미친놈들이에요. 애들 말로는 팀킬이라고…… 약 처먹고 그냥 재미로 그런다네요."

"망치가 박은혁, 칼이 양인국, 이…… 누구라고요?"

"발리야, 그 새끼가 이 뭐라고 했지?"

발리라고 불린 강한일이 머리를 숙이며 답했다.

"예, 형님! 이주영이라고 했습니다."

"아, 그래, 이주영이지. 양인국이랑 이주영이는 집이 악 소리 나게 부자랍니다. 한마디로 이 잡것들이 재벌 2세인 거죠. 강 사장님께서 허락만 해주신다면 우리 쪽에서 부모들한테 쇼부를 쳐볼 수도 있는데…….”

한영권이 슬쩍 강유진의 눈치를 살폈다.

하지만 강유진이 반응을 보이지 않자 다시 말을 이었다.

“그 애새끼들 이번이 처음도 아닙니다. 여름에도 마포대교 아래서 술로 떡이 된 여자 하나를 완전히 헤집어 놨답니다. 거 뭐라더라, 백양 살인 사건이라고 한참 시끄러웠던 거. 그것도 이놈들 짓이라네요. 양인국이라는 놈이 떠벌리고 다녀서 약쟁이들 사이에서는 유명한 얘기랍니다. 그러니까…… 쇼부를 치면 못해도 두당 3억씩은 받아낼 수 있을 겁니다.”

더 이상 새로운 이야기는 나올 것 같지가 않다.

묵묵히 듣고 있던 강유진이 물었다.

“국회의원이라는…… 박은혁의 부친은 누굽니까?”

“아, 예, 박창섭이라고…… 마포에서는 4선 의원으로 유명합니다. 돈도 많고……. 허락해 주시면 우리가 화끈하게 쇼부를…….”

“지금 말한 이름들 죄다 잊어버리세요.”

“예?”

“괜히 욕심 부리다가 한 번에 훅~ 가는 수가 있습니다.”

“아! 예, 예.”

“그리고 다시 얼굴 보지 맙시다.”

“예? 예, 예, 감사합니다. 강 사장님도 사업 번창하십쇼.”

한영권은 지나칠 정도로 열심히 허리를 조아렸다.

잠시 후 강한일과 함께 신촌역으로 걸어가던 한영권이 중얼거렸다.

"발리야, 이대로 찌그러져 있으면 우리가 조폭이 아니지?"

"네? 무슨 말씀이십니까, 형님?"

"쓸 만한 총잡이 하나 물색해 놔라. 님도 보고 뽕도 따야겠다."

"총잡이요?"

강한일이 의아한 눈으로 한영권을 바라보았다. 갑자기 님은 뭐고 뽕은 또 뭐란 말인가?

"그래, 마포의 한영권이를 건드리면 어떻게 되는지…… 확실하게 보여줘야지. 그 새끼들 부모에게 연락해서 합의금도 좀 받아내고……."

"아!"

이제 보니 님은 강 사장을, 뽕은 쇼부를 의미하는 것인가 보다.

"그럼, 내가 이대로 끝낼 거라고 생각했었냐?"

"아, 아닙니다, 형님."

"게다가 이제 곧 연말인데, 동생들 보너스는 두둑이 챙겨 줘야 할 거 아니냐?"

강한일이 마른침을 꿀꺽 삼켰다.

부모를 협박해서 뜯어낼 돈 이야기는 귀에 들어오지도 않았다.

"형님, 정말 강 사장을…… 재끼실 생각이십니까?"

"왜? 싫으냐?"

"시, 싫을 리가 있겠습니까? 이 손모가지를 좀 보십쇼. 손만 괜찮았으면 저라도 쐈을 겁니다."

강한일이 깁스한 손으로 허공을 휘저었다.

"아서라. 아무리 이 바닥이라고 해도 총잡이 따로 칼잡이 따로 있느니라. 발리가 총까지 쓰면 다들 뒤에서 생지랄을 할 거다."

"……알겠습니다, 형님. 그렇지 않아도 총에 환장을 한 놈이 하나 있긴 있습니다."

"그런 놈이 좋아."

"예, 형님. 작업 들어가겠습니다."

"그래, 무술 잘하는 새끼들 다 소용없어. 총 한 방이면 되거든."

"맞습니다, 형님."

제7화

있는 그대로 보여진다

정말 미치겠어 미치겠어 너 때문에

내게 사랑만 던져놓고 다시 돌아올 줄을 몰라

철지난 태사비애(殆死悲愛)의 음악이 흘러나왔다. 강유진의 휴대전화 벨소리다.

우두커니 서 있던 강유진이 전화를 꺼냈다. 발신자 표시를 보니 합기도 체육관 관장이었다.

피식 웃음이 나온다.

장사 때문에 빠졌더니 궁금했던 모양이다.

"네? 관장님?"

"강유진 씨? 살아 있었네? 요즘 국수 장사하느라 바쁘죠?"

"하하, 네, 그렇지 않아도 운동 시간을 좀 앞당겨 볼까 하던 참입니다."

"앞당겨요?"

"네, 5시에 나갈까 하는데요."

"초등학교 애들이랑 하려고요?"

"그렇게라도 해야죠."

"그러지 말고, 장사가 몇 시에 끝나요?"

"12시에 끝나요."

"아, 좀 애매하네……."

"그렇죠?"

"그럼, 그냥 12시에 와요. 1시까지 어차피 나도 안 자니까."

"예? 그래도 돼요?"

"내가 총관장인데 누가 뭐래요?"

"그래도 된다면 12시에 들를게요."

"그래요. 그럼 오늘부터 12시?"

"네."

"그 입이 무거운 아가씨 있잖아요?"

"아! 네, 왜요?"

"강유진 씨 요즘 왜 안 나오냐고 묻더라고요. 둘이 좀 친해졌어요?"

"전혀요. 말 한 번 해본 적 없는데요?"

"어? 상당히 궁금해 하던데?"

"그래요? 이상한 아가씨네. 나한테는 말도 안 하면서."

"알았어요. 내가 그렇게 말해둘게요."

"예? 또 뭐라고 그러시려고요?"

"나는 있는 사실만 말하는 사람이잖아요."

"아, 관장님, 좀 봐주세요."

"알았어요. 이따가 12시에 봅시다."

"네, 수고하세요."

전화를 끊고 한쪽에 걸어둔 시계를 보니 벌써 밤 10시다.

홍대에서 신촌으로 옮긴 뒤로 손님은 다시 줄었다. 아직 입소문이 나지 않은 까닭이다.

특이한 메뉴를 보고서 '홍대 앞에 있던 그 스낵카냐?' 고 묻는 사람도 간혹 있었다. 그럴 때마다 아니라고 했다.

덕분에 손님은 불어나지 않았지만 신경 쓰지 않았다. 어차피 목표는 하루 50그릇이다. 홍대에서의 경험상 그 정도는 어렵지 않았다.

묵묵히 그릇을 닦고 있는데 여자의 음성이 들려왔다.

"아, 춥다. 저도 한 그릇 주세요."

"네."

무심코 대답하고 고개를 들던 강유진의 눈이 휘둥그렇게 떠졌다.

"임지연 님?"

임지연이 빨갛게 상기된 얼굴로 고개를 끄덕였다.

"네, 저 왔어요. 아직 기억하고 계시네요?"

"당연하죠. 첫 의뢰인이신데."

"피이~ 그래서 기억하시는 거였어요?"

"게다가 초절정 꽃미녀시잖아요."

"그건 좀 말이 되네요."

임지연이 배시시 웃었다.

강유진이 퉁챠오를 내려놓으며 물었다.

"그런데 제가 여기 있는 건 어떻게 아셨어요? 지나가다가 우연히 봤다는 말은 안 통합니다."

"흣! 이렇게 눈에 띄는 스낵카를 가지고 다니시면서, 사람들 눈에 안 띄길 바라셨어요?"

"에이, 대한민국에 스낵카가 한두 대인가요."

"이거 맛있네요."

임지연은 어떻게 찾아왔는지 말해주지 않았다.

강유진도 굳이 더 파고들려고 하지 않았다.

어쨌거나 임지연은 반가운 손님임에는 틀림없었으니까. 그간 임지연이 어떻게 지내는지 궁금하기도 했다.

열심히 퉁챠오를 먹던 임지연이 콧잔등의 땀을 훔치며 중얼거렸다.

"에이, 계속 안 물어보니까 섭섭하네."

"뭐, 뭘요?"

"그냥 말할게요. 실은 제가 카론 님을 찾아온 것도 그것과 관계가 있으니까요."

"네?"

강유진이 의아한 얼굴로 임지연을 바라보았다.

자신을 찾아온 이유가 따로 있다는 소리로 들렸기 때문이다.

"우선 감사하다는 말씀부터 드릴게요."

"에이, 뭘요. 전화까지 주셨으면서…… 그 정도면 충분합니다."

"아니에요. 생명의 은인에게 전화로 인사하고 끝낼 만큼 어리석은 여자 아니에요."

"……."

강유진은 머쓱한 표정으로 머리를 긁었다.

딱히 뭐라고 대꾸할 말이 생각나지 않았다. 타인에게 인사를 받는 것은 어색하기만 했다. 그렇다고 하지 말라고 할 수도 없지 않은가?

"그동안 집중 치료를 받느라고 병원에서 나올 수 없었어요."

"아! 몸은 좀 어떠세요?"

강유진은 임지연을 유심히 살폈다. 겉보기에는 납치 이전과 비슷했지만, 분위기가 묘하게 달라져 있었다. 26살의 나이에 어울리지 않게 세상사를 초월한 것 같다고 할까? 죽을 고비를 넘겨서 그렇다고 하기에는 석연치 않은 느낌이다.

임지연이 해맑게 웃으며 말했다.

"건강해졌대요."

"다행이네요."

"그런데요, 충격을 받지 않게 조심해야 한다고 하더라고요. 심장이 약해져서 사소한 전기적 자극에도 기능에 이상이 올 수 있대요. 그래서 이제는 키보드를 만질 때도 장갑을 끼고 있어요. 정전기도 조심하라고 하더라고요. 휴대전화도 핸즈프리로 사용하고…… 그뿐이 아니에요. 이젠 혼자서 운전도 못 하게 해요. 장난 같지만 다 사실이에요. 우습죠?"

"……."

강유진은 슬쩍 고개를 돌렸다.

이제야 임지연의 허허로운 분위기를 이해할 수 있었다. 전기고문의 후유증을 평생 떠안고 살아가게 된 것이다.

"응? 무슨 얘기하다가 말이 샜지?"

혼자서 중얼거리던 임지연이 머리를 툭 쳤다.

"아! 맞다. 병원에서 외출을 해도 된다고 하더라고요. 그래서…… 카론 님이 뭐하시나 좀 알아봤죠."

"경비 그만두고 스낵카 사업을 하고 있었습니다."

"네, 그러시더라고요. 어떻게 카론 님을 찾아왔는지 궁금하다고 했죠?"

"……네."

강유진이 마지못해 고개를 끄덕였다.

사실 지금은 그다지 궁금하지 않았다. 대성그룹의 회장과 부회장을 통하면 쉽게 알아낼 수 있는 일이라고 생각한 때문이다.

하지만 이어지는 임지연의 말에 강유진의 안색은 심각하게 굳어갔다.

"제가 카론 님을 찾아온 것은 아무도 몰라요. 개인적으로 부탁할 게 있어서 온 거니까요. 이제부터 중요한 말이니까 잘 들으셔야 해요. 아케론닷컴의 서버를 조회하니까 카론 님의 주소와 개인정보가 나오더군요. 사용하시는 휴대전화의 회사에 접속해서, 현재 위치까지 알아낼 수 있었어요. 만약 카론 님을 해치고 싶어 하는 누군가가 있다면…… 카론 님은 쉽게 적에게 노출이 되는 거죠. 아직 아케론닷컴을 외부의 사람들이 몰라서 안심이지만…… 앞으로도 그럴 거라는 보장은 없잖아요? 한마디로 카론 님은 자신의 정보를 보호하는 데 좀 더 노력하셔야 한다는 거예요."

"……."

"그게 제가 카론 님을 찾아온 이유이기도 하고요."

"이유요?"

"네, 카론 님의 개인정보 보호를 제가 해드리고 싶어요."

"에? 어떻게요?"

"우선은 두 가지를 바꾸시면 돼요. 하나는 홈페이지의 서버, 다른 하나는 그 휴대전화요."

"왠지 복잡하네요."

"그 복잡한 일을 제가 해드리려고요. 제게는 기술이 있으니까요."

"그건…… 저를 돕겠다는 말로 들리는데…… 맞나요?"

"정확해요. 카론 님의 일에 동참하게 해주세요."

"……."

강유진은 즉답을 피했다.

임지연과 같은 천재가 자신에게 큰 도움이 된다는 것은 알고 있다. 하지만 필요하다고 아무에게나 손을 내밀고 싶지는 않았다.

"어릴 때…… 번개를 맞으면 후레쉬맨처럼 슈퍼파워가 생기는 줄 알았어요. 영화에서처럼 머리가 아주 좋아지거나 초능력을 갖게 될 줄 알았던 거죠. 하지만 이젠 알아요. 번개에 맞으면 사람은 타서 죽거나, 운 좋게 살아남아도 몸이 망가지죠. 저처럼요."

"……."

"그런데 어릴 때 슈퍼파워를 꿈꾼 이유는…… 사실은 압도적인 힘으로 남을 돕기 위해서였어요. 고교 시절에 밥 먹듯 해킹을 하던 제가 과학자가 된 것도…… 궁극적으로는 다른 사람에게 도움이 되고 싶어서였죠. 슈퍼파워는 없지만, 저에게는 기술이 있어요. 제가 가진 이 기술로 카론 님을 돕게 해주세요."

"제가 거절한다면요?"

"그럼, 어쩔 수 없는 거죠. 하지만 카론 님의 남은 인생이 굉장히 꼬일 거예요. 홍대에서 신촌으로 옮긴 것도 사람들을 피하기 위해서잖아요. 그건 단지 시작일 뿐이라고요. 카론 님은 유명해지는 만큼…… 마음대로 돌아다니지도 못하게 될 거예요."

"좋습니다. 저를 도와주십시오."

강유진은 오래 고민하지 않았다. 그렇지 않아도 개인정보 보호의 필요를 절실하게 느끼고 있는 중이다. 임지연과의 인연을 생각하면 필연이라고 해도 과언이 아니다.

"고마워요."

임지연이 불쑥 손을 내밀었다.

머뭇거리던 강유진이 어색하게 웃으며 손을 맞잡았다. 악수를 한 것이다.

강유진이 임지연의 부르러운 손을 꽉 잡고 가볍게 흔들 때다.

"어머, 누가 제 손을 잡으래요? 카론 님의 휴대전화를 달라고요. 개인정보의 보고(寶庫)잖아요."

"아! 저는 사심 없이……."

허둥대던 강유진이 급히 품 안에서 전화기를 꺼냈다.

"여기 저장된 번호가 몇 개 있는데요."

"주세요. 이리 옮겨드릴게요."

임지연이 가방에서 전송장치와 최신형 휴대전화를 꺼냈다.

잠시 후 임지연이 휴대전화를 건네며 입술을 삐죽였다.

"에이, 번호도 몇 개 없네요."

"네, 최근에 아케론닷컴을 통해 알게 된 분들입니다."

"지금 드린 휴대전화는 흔히 말하는 대포폰이에요. 부담 없이 사용하셔도 돼요. 그리고 위치를 알리고 싶지 않은 상황에서는 전원을 꼭 끄세요."

"네……."

강유진이 새로 받은 최신형 휴대전화를 만지작거리며 고개를 끄덕였다.

"그리고 아케론닷컴의 서버는 제가 외국으로 옮겨놓을게요. 지금까지 사용하시던 아이디와 비밀번호로 접속하시면 돼요."

"제 아이디와 비번을 어떻게 아시고?"

"그 정도는 기본이죠."

"네, 알겠습니다. 앞으로 잘 부탁드립니다."

"서버를 옮길 때 홈페이지도 리뉴얼해서 올릴게요. 지금의 홈페이지는 너무…… 기본에 충실해서…… 선뜻 믿음이 가지 않으니까요."

"그래 주시면 고맙죠."

강유진의 얼굴이 붉게 달아올랐다.

임지연은 기본에 충실하다고 돌려 말했지만 사실 유치찬란했기 때문이다.

곧이어 임지연이 통장과 카드 하나를 내밀었다.

"의뢰비는 앞으로 이 통장으로 입금 받으세요. 이것도 대포통장이에요. 지금 드린 카드는 그 통장으로 만든 거니까 앞으로 그 카드만 쓰세요. 다니면서 카론 님의 카드를 사용하면 기록이 남게 되고, 기록은 곧 개인정보의 유출로 이어지니까요."

"아! 그렇군요. 반드시 그렇게 하겠습니다."

강유진이 통장과 카드를 챙겼다.

"정말 꼼꼼하시네요. 진즉에 도와달라고 할 걸 그랬습니다."

"칫! 제가 아무나 도와달란다고 도와줄 사람으로 보이세요? 카론 님이 어떤 사람인지 아니까 그런 거지."

"에? 제가 어떤 사람인데요?"

"아케론닷컴의 마스터죠. 뭘 더 바라세요?"

"아니, 뭘 바란다기보다는…… 제가 어떤 사람으로 보여지는지 문득 궁금해서……."

"후후! 있는 그대로의 카론 님으로 보여지고 있으니까 걱정하지 마세요."

"좋은 뜻으로 알아듣겠습니다."

임지연이 웃으며 고개를 끄덕였다.

"네. 그런데 오늘 제가 먹은 거 돈 받으면 안 되는 거 알죠?"

"저도 파트너에게는 돈을 받지 않습니다."

임지연이 깜짝 놀란 표정으로 말했다.

"어머, 저는 최신형 휴대전화의 값에서 까겠다는 소리였는데……. 저도 휴대전화 구입비를 달라고 하면 안 되는 거였나요?"

"당연하죠! 우린 파트너잖아요!"

"풋! 파트너, 좋아요. 그 말 기억해 두겠어요."

임지연이 빈 그릇을 내밀었다.

"더 드려요?"

"아뇨, 다 먹었다는 뜻인데요."

강유진이 그릇을 받으며 물었다.

"맛은 입에 좀 맞아요?"

"네. 어디선가 먹어본 것도 같은…… 그런 그리운 맛이었어요."

"하하, 그럼 제대로 맛을 아신 겁니다. 이 음식이 원래 엄마 손맛을 주제로 만든 거거든요."

"응? 우리 엄마는 요리 못하는데요?"

"아, 그냥, 일반적으로 사람들이 말하는 그리운…… 그런 의미로……."

"네에, 그런 것 같아요. 너무 맛있었어요. 또 먹고 싶어질 정도로……."

하지만 임지연은 자신이 스낵카에 자주 올 수 없다는 것을 알고 있다. 오늘의 방문도 사전작업을 많이 해서 겨우 성사시킨 것이었다.

"그럼 또 오세요."

"그럴게요."

임지연은 힘들다는 말을 하지 않았다.

아직 카론에게 그런 사소한 것까지 털어놓을 정도로 친한 것은 아니었다.

차가운 바람이 밀려왔다.

갑작스러운 한기에 부르르 떨던 임지연이 옷깃을 강하게 여몄다.

카론은 대화에 능숙하지 않은 것 같았다. 묻기 전에 먼저 말을 거는 법이 없었다.

'내가 귀찮은가?'

그럴지도 모른다. 돌이켜 보니 지금까지 카론에게 좋은 인상을 심어주지 못한 것 같다.

'괜히 왔나?'

갑자기 현기증이 난다.

멀리서 몇 사람의 손님이 다가왔다.

임지연이 웃으며 씩씩하게 자리에서 일어났다.

다른 사람이 있으면 더 불편해진다. 지금 쿨하게 떠나야 그나마 덜 보기 흉할 것이다.

"오늘은 이만 가볼게요."

강유진은 잠깐 멈칫했지만, 이내 웃으며 인사했다.

"네, 건강하세요."

"……."

임지연은 고개를 꾸벅여 보인 후 돌아섰다.

새로운 손님들과 임지연이 교차하듯 서로를 스치고 지나갔다.
강유진이 웃으며 손님들을 맞았다.
"어서 오세요."
"네, 세 그릇 주세요."
"네."
문득 강유진의 시선이 임지연의 그릇으로 향했다.
…….
강유진은 임지연의 그릇을 다른 것들과 섞이지 않게 따로 뺐다.
그제야 갑자기 빈자리가 느껴지지 않고 허(虛)하던 마음도 조금 차오르는 느낌이다.
'부자라서 그런가…….'
임지연은 좀 일방적으로 행동하는 경향이 있다. 예컨대 지금도 예고 없이 불쑥 찾아왔다가 바람처럼 사라져 버렸다. 추운 겨울밤 —낯선 곳에 혼자 남아— 퉁챠오를 팔아야 하는 남자의 기분 같은 건 전혀 고려하지 않고 말이다.

*　　*　　*

퉁챠오가 다 팔렸다.
시계를 보니 밤 11시 30분. 어제보다 삼십 분 일찍 마감한 셈이다.
하루가 다르게 준비해 온 재료가 빨리 떨어졌다. 홍대에서처럼 초저녁에 정리를 하게 될 날도 머지않은 느낌이다.

문득 더 팔자고 조르던 이정우가 떠올랐다.

뒤늦게 장사에 재미를 붙였던 순진한 조폭…… 자신을 만나지 않았더라면 그런 일은 당하지 않았을지도 모른다.

갑자기 카론처럼 자신도 '세드 엔딩(Sad Ending)'으로 끝나게 되지 않을까 하는 생각이 든다.

'설마…….'

한편으로는 상관없다는 생각이 든다. 자신의 인생은 이미 행복과는 거리가 멀어졌으니까.

자신의 가정사도 불행했지만, 자신이 해결해야 하는 사람들의 문제도 따지고 보면 불행이었다. 불행에서 태어나 타인의 불행을 자양분 삼아 살아가는 인생이 되고 만 셈이다.

스낵카를 정리한 강유진은 체육관으로 향했다.

체육관 안으로 들어가자 박필용 관장이 눈을 동그랗게 뜨고 바라봤다.

"어? 일찍 왔네요?"

"네, 마감을 일찍 했어요."

"잘됐네요. 곧 이지인 씨도 올 거예요. 강유진 씨 때문에 이지인 씨도 12시로 옮겼거든요."

"예?"

아! 이지인. 뒤늦게 잊고 있던 이름이 떠올랐다. 성인반의 신입 회원인 아가씨였다.

'나이가 스물셋이라고 했던가?'

그런데 말 한번 안 섞어본 그녀가 왜 운동 시간대까지 옮겼을까?

"이지인 씨는 왜 12시에 온대요?"

"뭐, 애들하고 운동하는 건 좀 창피하다고 하더라고요."

"엥? 애들요? 지우랑 지현이는 체급이 애들이 아닌데……."

"이지인 씨가 연상을 좋아하는지도 모르죠. 그래서 고등학생들이 더 어려 보일 수도."

"하하, 설마요."

"내가 농담은 잘해도 없는 소리는 안 하는 거 몰라요?"

"……."

강유진은 진지한 박필용 관장의 얼굴에 차마 반박할 수가 없었다.

하지만 농담과 없는 소리는 비슷하지 않나?

"왔네요."

박필용 관장이 입구를 향해 손을 흔들어 보였다.

"어서 와요! 지인 씨!"

강유진은 입구로 고개를 돌렸다.

정말 이지인 씨가 들어오고 있었다. 밤 12시로 옮겼다고 하더니 진짜였던 모양이다.

“어서 오세요.”

강유진이 먼저 인사를 건넸다.

“네.”

이지인은 가볍게 웃어 보이고 탈의실로 휙 들어가 버렸다.

처음 만났을 때나 지금이나 한결같은 태도다.

역시나 운동하는 내내 이지인은 고통에 찬 신음소리 외에는 일체의 말을 하지 않았다.

오늘의 이지인은 특히나 더 힘들었을 것이다.

박필용 관장이 강유진에게 새로운 기술들을 많이 가르쳐줬기 때문이다.

박필용 관장의 말에 의하면 뜻밖에도 강유진은 ‘삼십 년에 하나 나올까 말까 하는 합기도의 천재’였다. 늦은 나이의 입문임에도 불구하고 관절이 점점 유연해질 뿐 아니라, 가르쳐준 기술까지 단 번에 체득하니 그렇게 보인 모양이다.

운동이 끝날 무렵, 박필용 관장이 술자리를 제안했다.

“어때요? 내일 토요일이니까 한잔해도 될 것 같은데.”

잠시 생각하던 강유진이 고개를 끄덕였다.

이정우를 잃고 나서 답답했다. 누구라도 만나 말을 좀 하고 싶었다.

“저는 좋습니다. 어차피 제가 CEO니까요.”

"이지인 씨는 시간 없으면 안 가도 돼요."

박필용 관장은 이지인까지 데리고 갈 생각이 없어 보였다. 너무 늦은 것도 있지만, 여자 관원이 낀 술자리가 부담스러웠던 모양이다.

"저도 마시러 갈게요."

뜻밖에도 이지인은 동행하겠다고 했다.

"부모님이 기다리지 않아요?"

박필용 관장은 보내고 싶은지 다시 물었다.

하지만 이지인은 꿈쩍도 하지 않았다.

"전화하면 돼요."

"그럼, 함께 가요"

결국 박필용 관장이 뜻을 꺾었다.

곧이어 세 사람은 체육관 앞에 있는 꼬치구이 전문점 '두다리'로 향했다.

자리를 잡자마자 박필용 관장이 시킨 것은 '두다리 세트 메뉴' 하나와 소주 두 병. 그런데 어찌 된 일인지 술은 그대로인데 안주만 줄어들었다.

박필용 관장이 이지인을 향해 물었다.

"강유진 씨와 나는 술을 잘 못하는데, 이지인 씨는 주량이 어떻게 돼요?"

"왜요?"

"술은 거의 그대론데 안주가 바닥이 나서."

박필용 관장의 말에 이지인이 배시시 웃었다.

"숫자를 세어본 적 없어요."

강유진이 끼어들었다.

"많다는 거예요? 못 마신다는 거예요?"

"많죠."

"그런데 오늘은 왜 안 마셔요?"

"분위기가 안 마시는 분위기라서요."

"아!"

강유진은 쉽게 납득을 했다.

남자들 틈에서 혼자 마시려면 술맛도 없을 것이었다.

세 사람은 부지런히 안주를 먹어댔다.

격하게 운동을 한 뒤라서 그런지 한참 부족한 느낌이다.

잠시 후 박필용 관장이 모듬 꼬치 한 세트를 더 시킨 후 강유진에게 시선을 돌렸다.

"그건 그렇고 요즘 강유진 씨 무슨 일 있어요?"

"왜요?"

"표정도 어둡고, 운동도 잘 안 나오고. 그동안 운동 빠진 거 생각하면…… 진짜 천재라니까요. 못하는 기술이 없어. 보통 며칠 빠지면 잘 잊어버리던데."

"잘 가르쳐주시니까 그런 거죠."

"매일 나오는 이지인 씨는 잘 잊어버리던데."

"……."

이지인이 묵묵히 술잔을 비웠다.

"사실 일 가르치면서 데리고 있던 애가 강도를 당했어요."

"정말요?"

박필용 관장이 놀란 눈으로 강유진을 바라보았다.

"네, 그 녀석 생각하면 미안하고, 화도 나고…… 좀 그랬어요."

"그랬구나! 강유진 씨도 늦게까지 장사하려면 칼 가지고 다녀요. 그런 거 하나 있으면 든든해요."

"하하, 지금이 뭐 조선 시대인가요. 게다가 그거 가지고 다니다가 걸리면 골치만 아파져요. 차라리 3단 호신봉이나 가스총이면 몰라도."

"그래도 칼이 최곤데. 강도 당한 사람은 어떻게 됐어요? 많이 다쳤어요?"

"……입원했다가 하루 만에 죽었어요."

"저런! 강도는?"

"곧 잡힐 거예요."

"그런 놈들은 빨리 잡아서 사형을 시켜 줘야 하는데……. 그러고 보면 이지인 씨는 진짜 생각 잘했어요. 요즘은 여자들도 호신술을 배워둬야 안전하다니까요."

"네."

이지인이 고개를 끄덕였다.

“요즘은 흉악범죄를 저질러도 인권단체들이 다 구해주니까…… 법도 없고, 무서운 것도 없고…… 그러니까 칼을 가지고 다녀야 한다니까요.”

다시 박필용 관장은 칼 이야기로 돌아갔다.

박필용 관장은 칼 이야기를 삼십 분 정도 더 한 뒤에 강유진과 이지인에게 말했다.

“그만 갑시다. 마누라가 안 자고 기다려서 나도 이젠 가야 돼요.”

강유진과 이지인도 딱히 더 할 이야기가 없던 터라 술자리는 흐지부지 끝이 났다.

박필용 관장은 밖으로 나가자마자 강유진에게 ‘지인 씨를 바래다주라’ 고 부탁하고는 체육관으로 뛰어갔다.

덕분에 강유진은 뜻하지 않게 이지인과 함께 밤길을 걸어야 했다.

말도 없이 어깨를 나란히 하고 걷던 강유진은 괜히 부담스러워 하나마나 한 질문을 던졌다.

“밤늦게 운동해도 괜찮으세요?”

“네.”

“몸에 무리는 안 와요?”

“네.”

이지인은 '네' 라는 말 외에는 하지 않았다.

십오 분쯤 걷는 동안 이지인이 했던 가장 긴 말은 '다 왔는데요' 였다.

"와, 집 크다. 여기예요?"

"네."

"응? 그런데 여기 무슨 연예인이 산다고 하는 소리를 들었던 거 같은데…… 아닌가……."

"……."

이지인은 가타부타 말하지 않았다.

상대의 무반응에 머쓱해진 강유진이 서둘러 작별인사를 건넸다.

"그럼, 이만 가보겠습니다. 푹 쉬세요."

"네."

대문으로 다가간 이지인이 지갑에서 카드를 꺼냈다.

잠시 후 경쾌한 음악소리와 함께 철문이 가볍게 열렸다.

이지인의 몸이 철문 안으로 사라진 뒤에야 강유진은 그 자리를 떠났다.

한참 동안 타박타박 걸어가던 강유진이 머리를 벅벅 긁었다.

"그놈의 '네' 소리만 다섯 번 정도 들은 것 같네. 내가 그렇게 재미없는 사람이었나?"

*　　*　　*

이지인은 발소리를 죽여가며 이층의 자기 방으로 들어갔다.

그리고 막 문을 닫으려는 순간이다. 문밖에서 낭랑한 음성이 들려왔다.

"언니, 너무 늦은 거 아냐?"

말과 함께 이수아가 막무가내로 문을 밀고 안으로 들어왔다.

"말해봐, 요즘 누구 만나?"

"아니, 운동하고 온 거야."

"무슨 운동을 새벽 2시까지 하는 데가 있어?"

"운동은 1시에 끝났는데, 관장님과 관원들이 간만에 한잔하자고 해서 늦은 거야. 피곤하니까 그만 나가."

"에이, 체육관 사람들하고 마신 거야?"

"그래, 이제 됐니?"

하지만 이수아는 순순히 물러나지 않았다. 오히려 이지인의 턱밑에 코를 바싹 대고 물었다.

"근데, 운동하러 가는 사람이 화장은 왜 했어?"

"무, 무슨 소리야? 요즘 이 정도도 안 하고 나다니는 사람이 어딨다고?"

"아니야, 아니야, 언니가 처음에는 화장을 가볍게 했는데…… 요즘은 점점 진해지고 있어. 킁킁, 이거 봐, 향수 냄새도 나잖아?

응? 이건 내 향수?"

"……."

"언니 수상해."

이수아가 언니를 뚫어지게 바라보았다.

화장도 잘 안 하고 다니는 사람이, 자신의 향수까지 뿌리고 나갔으니 의심할 만도 하다.

"나한테만 살짝 말해봐. 안 그러면 엄마한테 이른다."

"뭘 일러?"

"내 향수 훔쳐 뿌리고 나갔다가 새벽 2시에 들어왔다고."

"그, 그건, 운동을 하면 몸에서 땀 냄새가 심하게 나니까 뿌린 거지."

"오호, 그러셔? 언니는 원래 화장품이나 향수 싫어했잖아."

"사람은 조금씩 변하는 거야."

"……."

이수아가 의미심장한 눈으로 언니를 바라보았다.

"사실은 언니가 하도 늦어서 내가 창문을 계속 내려다보고 있었거든. 그런데 누가 데려다 주더라? 엄마한테 진짜 말해도 돼?"

사실이다. 이수아는 언니가 늦자 전처럼 무슨 일이 있는 건 아닌가 싶어서 기다리고 있었다. 이수아뿐이 아니다. 가족 모두가 그녀의 귀가에 촉각을 곤두세우고 있었다고 해도 과언이 아니다. 이지인은 지난해에 남자친구와 함께 있다가 큰 봉변을 당할 뻔한 적이 있다. 이지인이 호신술을 배우고 있는 것도 그것과 무관하지 않았다.

"휴우, 진짜 집요하다. 체육관에서 같이 운동하는 아저씨야. 관장님이랑 다 같이 한잔하고 바래다준 것뿐이야."

"그런데 왜 속여? 그 남자 맘에 들어?"

"맘에 든다기보다는…… 괜찮은 아저씨야."

"오오! 나이가 몇인데 아저씨래?"

이수아는 남자라면 치를 떨던 언니가 일 년 만에 남자 이야기를 꺼내자 관심을 보였다.

"34살이래."

"엥? 그렇게 나이가 많아?"

이지아가 눈을 동그랗게 뜨고 언니를 바라보았다. 언니가 이제 23살이니까 무려 열한 살이나 차이가 나는 셈이다.

이지인이 피식 웃으며 말했다.

"근데 진짜 동안이야. 이제 군대 갔다 온 사람처럼 보인다니까. 나랑 동갑이라고 해도 믿을걸?"

"에이, 아무리 동안이래도 그건 너무 심했다."

"진짜야, 저번에 체육관 애들이 얘기하는 거 들었는데, 그 아저씨랑 밖에 나가면 형인 줄 안대. 걔들 이제 고등학생들이거든. 같이 운동하면 진짜 또래로 보일 때도 있다니까."

"와아! 그 정도 동안이면 TV에 나가도 되겠다. 근데, 언니 일

년 만에 남자 얘기하는 거 알아?"

"웃기셔. 그 아저씨가 왜 남자냐? 아저씨라니까."

"아니, 아저씨는 그럼 여자야?"

"여자는 아니지만 남자라고 생각해 본 적은……."

"없어?"

이지인이 곰곰 생각하더니 고개를 끄덕였다.

"응, 아직 그런 생각은 해본 적 없어."

"그래? 아직이라 이거지?"

"또또, 말꼬리 잡고 늘어진다."

"호홋! 어쨌든 오늘 무지 늦었으니까, 아마 내일부터는 아빠가 체육관으로 데리러 갈걸?"

"그러시라고 해. 난 뭐 상관없으니까."

"나도 언제 그 아저씨 보러 체육관 살짝 가봐야 되겠다."

"아! 요즘 내가 밤 12시에 가니까 구경하러 와도 괜찮겠다. 초저녁에 돌아다니면 사람들 몰려와서 네가 힘들잖아. 잘나가는 아이돌 그룹 빅토리아의 리더씨."

"와아! 언니가 드디어 남자 구경을 오라고도 하는구나!"

"어머? 뒤집어씌우지 마라. 그런 말 한 적 없다. 네가 오고 싶다고 해서 괜찮을 거라고 한 거지."

"근데, 그 아저씨 운동 잘해?"

"왜?"

"언니나 나 같은 꽃미녀 둘을 에스코트하려면 보통 실력으로는 안 되잖아. 더구나 운동 끝나면 새벽 1시가 넘을 텐데…… 난 밤에 다니는 거 무섭다구. 그러고 보니까 언니도 밤에 잘 안 돌아다녔잖아. 신기하네. 운동하면 그런 것도 바뀌나?"

"관장님이 그러는데 삼십 년에 하나 나올까 말까 하는 천재래."

"얼~ 합기도 천재야? 같이 다니면 든든하겠다."

"음, 겉보기에는 약해 보이는데…… 운동하는 거 보면 진짜 예술이야."

"그런 사람이 있긴 있구나. 근데 운동이랑 싸움이랑은 좀 다르다고 하던데…… 믿어도 돼?"

"그건 네가 그 아저씨가 운동하는 거 안 봐서 그래. 그 아저씨는 움직이는 게 잘 안 보여."

"진짜?"

"응, 그래서 알아도 막지도 못하고, 피하지도 못해. 오죽하면 관장님이 요즘은 약속 대련도 잘 안 하려고 한다니까. 창피하다고."

"에이, 그냥 하는 소리겠지."

"내가 굳이 12시에 가는 이유도 그 아저씨랑 운동하려고 가는 거라니까. 그냥 바람 같다니까. 생각하고 말고 할 시간도 없어."

"응? 헷갈리네."

이수아가 고개를 갸웃거렸다.

"또 뭐가?"

"난 언니가 그 아저씨한테 관심 있어서 12시에 가는 줄 알았는데…… 그냥 운동 배우려고 그러는 거 같기도 하고……."

"네 맘대로 생각하세요. 나가 좀!"

이지인이 동생을 떠밀어 방 밖으로 쫓아냈다.

궁금증이 풀렸는지 이수아도 버티지 않아 쉽게 밀어낼 수 있었다.

동생을 밀어낸 이지인은 한동안 멍하니 서 있기만 했다.

자신이 운동 시간을 12시로 옮긴 이유에 대해 처음으로 진지하게 고민을 하고 있는 것이다.

제8화

하얀 색연필

꿈을 꾸었다.

꿈속에서 강유진은 아직 군대에 있었다. 계급은 병장.

꿈속이지만 강유진은 자신이 꿈을 꾸고 있다는 것을 알았다.

제대한 지 십 년이 넘었지만 종종 군대에 있을 때의 꿈을 꾼다. 십 년 전과 달라진 것은 자신이 꿈을 꾸고 있다는 것을 어렴풋이 느낀다는 것 정도다. 그건 그만큼 사회적응이 되었다는 뜻이기도 하다. 처음에는 꿈속에서 '행정상의 실수로 다시 군대에 온 것 같다' 고 펑펑 울었으니까 말이다.

외계인이라고 자신을 소개한 한 여성과 동료 군인 하나가 등장하는 꿈이었다.

꿈속에서 셋은 폐허가 된 도시를 헤매고 있다.

앞장선 사람은 외계에서 온 여인이다. 꿈속이지만 꽤 아름다운 모습이다.

강유진은 그녀의 뒤를 바싹 따라가고 있었다.

동료로 등장한 군인은 몸이 꽤 둔하고 느렸다. 부대에서는 그를 고문관이라고 불렀다. 고문관이라는 별명답게 그는 조금씩 뒤처지고 있었다.

그런데 잠깐의 휴식 시간이 지나고부터다.

갑자기 상황이 역전되었다.

고문관이 마치 바람처럼 빨라진 것이다.

강유진은 이해할 수 없는 현상에 고개를 갸우뚱거렸다.

놀라운 일은 계속해서 일어났다.

여인이 높은 건물 위로 훌쩍 뛰어올랐다. 억울하지만, 외계인이니까 이해할 수 있다.

그런데 고문관의 몸이 둥실 떠올랐다.

곧이어 고문관은 손쉽게 여인의 옆에 내려섰다.

'헉! 저럴 수가!'

강유진은 땀을 뻘뻘 흘리며 기어올랐다.

헐떡거리며 겨우 건물 위에 올라간 강유진이 고문관에게 물었다.

"헉, 헉, 대체 어떻게 한 거야?"

고문관이 강유진에게 뭔가를 내밀었다.

빨간색 색연필이다.

"이게 뭔데?"

"그녀가 준 거야. 이걸 가지고 있으면 몸이 가벼워져."

"왜 너만 준 건데?"

"몰라. 달라고도 안 했어."

그리고 고문관은 앞서가고 있는 여자의 뒤를 따라갔다.

'뭐야, 이거?'

꿈속이지만 억울했다.

'누군 저런 걸 주고, 누군 안 줘?'

얼마나 달렸을까?

기다리던 휴식 시간이 다시 돌아왔다.

강유진은 여자에게 다가갔다.

하지만 자존심 때문에 색연필을 달라고 할 수는 없었다.

"저 친구는 이상한 걸 하나 가지고 있던데요……."

같은 걸 하나 줬으면 해서 꺼내본 말이다.

여자도 그걸 느꼈는지 배시시 웃으며 뭔가를 건넸다.

역시 색연필이다.

'오오! 드디어 나도 하나 얻었구나!'

의기양양해진 얼굴로 색연필을 깠다.

둘둘 말린 종이 껍데기를 조금씩 풀자 속에 박힌 색연필의 심이 드러났다.

"엥?"

고문관과 달리 하얀색이다.

이딴 걸 어디에 쓴담?

울컥해진 강유진이 여자에게 달려갔다.

"이건 하얀데요!"

여자가 빙긋 웃으며 말했다.

"빨간색은 단지 지금의 그에게 필요한 색이지요. 하지만 하얀색은 당신이 원하는 것을 할 수 있다는 뜻이에요."

"……."

여자는 '무엇이든' 이라고 말하지 않았지만, 느낄 수 있었다.

무엇이든 할 수 있다.

가슴이 벅차올랐다.

눈이 저절로 떠졌다.

그제야 여자의 얼굴이 기억났다. 카론이 남긴 태블릿을 통해 본 흑탑의 여자였다. 그래서 외계인이라고 생각했던 모양이다.

무엇이든 할 수 있다.

하지만 지금의 자신은 딱히 뭘 해야겠다는 생각이 들지 않았다.

능력이 없던 과거에는 하고 싶은 일도 많았다.

더러운 세상도 바꿔보고 싶었고, 명예도 얻고 싶었고, 돈도 많이 벌고 싶었다.

가족을 여의고, 처자식에게 버림받고, 죽고 싶었던 날들 이후로, 모든 것이 덧없게 여겨졌다.

무엇이든 할 수 있지만, 아무것도 하고 싶은 게 없는 지금, 가슴은 왜 벅찼을까?

어쩌면 아무것도 하고 싶은 게 없다는 마음이 거짓된 것일지도 모른다.

'내가 정말 하고 싶은 건 뭘까?'

강유진은 벽에 걸린 시계로 눈을 돌렸다.

아침 9시.

꽤나 늦잠을 잔 셈이다.

오랜만에 술을 마시고, 새벽까지 싸돌아 다녀서 그런지 몸이 무거웠다.

문득 임지연의 말이 떠올랐다.

홈페이지의 서버를 옮기고 리뉴얼하겠다고 했던가?

강유진은 자리에서 일어나 컴퓨터를 켰다.

그리고 즐겨찾기에 등록된 아케론닷컴을 눌렀다.

잔잔한 음악과 함께 붓이 휙 지나갔다.

곧이어 수묵화가 그려졌다.

검은 점(點)이 선(線)이 되고, 선은 곧 사람과 강과 산과 바다를 그렸다.

바다는 이내 지구가 되고, 지구는 곧 우주가 되었다.

우주는 다시 검은 강으로 흘렀다.

검은 강 위로 미끄러지듯 작은 배 한 척이 나타났다.

배가 지나간 자리로 아케론닷컴이라는 글자가 떠올랐다.

그리고 '인생의 막다른 곳에 흐르는 아케론, 비통(悲痛)의 강. 카론에게 의뢰하면 슬픔은 없다' 는 글자가 조용히 번져 나갔다.

처음에 자신이 만들었던 아케론닷컴의 대문에 있던 글자다.

다른 것이라면 한글 뒤에 영어로 같은 글이 적혀 있다는 정도다. 임지연의 스케일이 어떤지 알 만하다. 그녀는 세계를 대상으로 같은 일을 할 작정인 모양이다.

배경만 눈이 돌아갈 정도로 멋있을 뿐, 나머지 메뉴는 같았다.

심지어 '불가능한 일을 속 시원히 해결해 드립니다. 단, 인류의 안녕과 번영을 해치지 않는 것이어야 합니다. 성공시에 의뢰인의 형편을 고려하여 적절한 소요경비를 청구하겠습니다' 라는 운영 방침까지 강유진이 설정한 것을 그대로 옮겨 놓았다.

잔잔한 음악과 서사적인 배경화면은 무슨 영화사의 홈페이지를 보는 기분이다.

그런데도 렉이 걸리지 않는다.

고시원의 컴퓨터가 상당히 낡은 것임을 감안하면 놀라운 기술이다.

더불어 서버를 외국으로 옮겼다고 하는데, 강유진은 전혀 느낄 수 없었다.

"뭐, 옮겼다니까…… 옮긴 거겠지……."

대포폰까지 주고 간 그녀가 한 말이니 믿을 수밖에 없지 않은가?

홈페이지를 닫으려던 강유진이 멈칫거렸다.

화면 구석에 아주 작게 마스터 카론, 관리자 샤이니라는 글귀가 보였던 것이다.

깜짝 놀란 강유진은 급히 회원 명단을 조회했다.

"엥?"

임지연의 아이디가 '샤이니'로 바뀌어 있었다.

카론과 샤이니의 이야기를 아는 사람은 없다. 그것은 자신이 무덤까지 안고 갈 비밀이었다. 그런데 임지연이 홈페이지를 리뉴얼하면서 자신의 아이디를 샤이니로 바꾼 것이다.

"재밌군."

임지연이 자신의 일을 도울 인연이었던 모양이다.

딩동.

갑자기 맑고 경쾌한 차임벨 소리가 들렸다.

곧이어 마스터의 이름 위로 우편물 표시가 떴다.

거의 동시에 임파서블 미션의 게시판 위로 새 글 표시가 나타났다.

그뿐 아니다.

휴대폰에서도 '문자가 도착했습니다'라는 소리가 들렸다.

한 번에 세 개의 알람이 뜬 셈이다.

휴대전화를 열어보니 '새로운 의뢰가 도착했습니다'라는 문자가 접수되어 있다. 보낸 이의 번호는 확인 불가였다.

강유진은 마스터의 우편물 표시를 눌렀다.

임파서블 미션의 게시판과 연동이 되었는지 임파서블 미션 게시판이 부드럽게 열렸다.

김정숙 씨가 올린 글이었다.

[범인을 잡아주세요.]

제목을 클릭했다.

아니나 다를까? 살인범들을 잡아달라는 글이 보였다.

강유진의 입에서 한숨이 흘러나왔다.

굳이 김정숙 씨의 의뢰가 아니었어도, 이정우를 죽인 범인들을 내버려둘 생각은 없었다.

굳은 표정으로 화면을 응시하던 강유진이 본문 아래에 있는 '접수' 를 클릭했다.

동시에 의뢰는 접수 게시판으로 이동됐다.

접수 게시판으로 옮겨진 본문의 아래에는 어느새 '완료', '진행', '실패' 의 메뉴가 생성되어 있었다.

목록을 누르니 접수 게시판에 이미 완료된 두 개의 글이 보였다.

'임지연' 과 '냉혈한' 이 의뢰한 글이다.

물론 다른 사람들은 의뢰의 내용을 알 수가 없다. 아케론닷컴의 본문은 기본적으로 비공개로 설정되어 있었다.

강유진의 얼굴에 만족한 미소가 떠올랐다.

초보 시절에는 어쩔 수 없이 자신의 정보를 공개했지만 이제는 다르다. 임지연이 방패가 되어 주는 한 누구도 자신을 찾지 못할 것이었다.

"그럼, 슬슬 일을 해볼까?"

강유진은 식당에 들러 아침을 해결하고 밖으로 나갔다.

사이코패스인 국회의원 아들과 그 친구들을 찾아 나선 것이다.

*　　*　　*

주범인 박은혁을 찾는 일은 생각보다 쉬웠다. 박창섭 의원이 워낙 유명해서 근처에서 모르는 사람이 없었던 것이다.

박은혁을 미행한 지 삼 일.

강유진은 끝내 양인국과 이주영에 대한 것도 알아낼 수 있었다.

양인국은 미래투자신탁 양문호 사장의 삼남, 이주영은 인화건설 이기백 사장의 차남이다. 미래투신과 인화건설은 각각 한국 재계의 100위 안에 드는 기업이다. 뒷조사를 해준 일신상사의 한영권이 침을 흘릴 만한 상대였다.

셋 중에 가장 영향력이 있는 집안을 꼽으라면 박은혁이다. 그의 부친 박창섭 의원은 자민당의 대표로 막강한 힘을 가진 사람이었다.

세 사람에 대한 조사를 마친 강유진은 일이 간단하지 않음을 알았다. 상대가 재력과 권력을 고루 갖춘 사람들인 까닭이다.

고민하던 강유진은 조금 돌더라도 확실한 길을 가기로 했다. 어차피 목표와 답을 알고 하는 일인지라 조금 번거로울 뿐, 처음처럼 막막하지는 않았다.

거의 삼 주 만에 강유진은 스낵카를 끌고 홍대 근처로 나갔다.

자신이 장사를 하던 자리는 여전히 비어 있었다. 지난 삼 주 동안 무슨 일이 있었는지 전처럼 사람들이 바글바글 모여들지도 않았다.

새로운 흥밋거리를 찾아 사람들의 관심이 옮겨 다니는 것도 있지만, 17:1의 싸움을 조작이라고 믿는 사람들이 더 많았던 까닭이다.

덕분에 강유진은 사람들의 관심에서 조금 비껴날 수 있었다.

물론 직접 목격한 사람들이 우연히 지나다니다가 찾아오는 것까지는 막을 수 없었지만 말이다.

몇몇 여대생들이 병아리 떼처럼 스낵카 앞을 떠나지 않았다.

신은미와 그녀의 친구들이다.

그녀들은 삼 주쯤 전 싸움의 시작을 목격한 사람들이자, 인터넷을 떠도는 동영상이 거짓이 아니라고 믿고 있던 몇 안 되는 추종자들 가운데 하나였다.

신은미는 퉁챠오를 다 먹고도 노천카페에 앉아 있는 것처럼 자리를 떠나지 않았다. 그녀의 친구들도 마찬가지였다.

“아저씨, 그동안 왜 안 나왔어요?”

“스낵카니까 이리저리 다녔습니다.”

“에이, 여기가 제일 잘됐을 텐데. 아저씨 보러 온 사람들이 얼마나 많았는데요.”

“난 국수만 팔면 돼요.”

“피이! 아저씨가 안 나오니까 사람들이 다 가짜라고 그랬단 말예요.”

“뭐가요?”

“동영상요. 그날 우리 가고 나서 조폭들하고 17:1로 싸웠다면서요?”

“금시초문인데요?”

강유진의 시치미에 여대생들이 야유를 보냈다.

“우~ 움직이는 게 딱 그날 아저씨던데 뭘요!”

“그러게 말야. 그전에 몇 명 똑같이 날리는 거 봤는데.”

“유언비어 퍼뜨리고 다니면 다시는 이쪽으로 안 나올 거예요.”

“칫! 알았어요. 말 안 하면 되죠.”

“비밀 지킬 테니까 매일 좀 나오세요. 퉁챠오 맛있단 말예요!”

강유진이 웃으며 고개를 끄덕였다.

“하하, 감사합니다. 매일 나온다는 보장은 없지만 자주 나오겠습니다.”

"안 돼요!"

"자주 와야 돼욧!"

"맞아요! 아저씨가 마포의 치안을 유지해 줘야 돼요!"

"근데 아저씨, 전직 특수부대 요원이었어요? 왜 그렇게 싸움을 잘해요?"

"저는 그냥 육군이었는데요."

"그냥 육군이었대."

"어머, 우린 아저씨가 특수부대 교관인 줄 알았어요."

"은미는 아저씨 부인이 적국 스파이에게 죽어서, 그 충격으로 스낵카를 하는 거라고 했는데……."

"야! 내가 언제! 그건 그냥 옛날 영화 얘기잖아!"

"아저씨 총각이에요?"

"이제 금방 군대 제대한 것 같은데, 당연히 총각이겠지?"

"그럼 오빠네. 오빠! 우리가 오빠라고 불러도 되죠?"

"쟤 또 덤벼든다!"

여대생들이 일제히 '꺄르르' 웃어댔다.

거의 테러에 가까운 여대생들의 잡담에 강유진은 못 들은 척 외면했다.

한참 동안 떠들던 여대생들은 '장사에 방해가 되면 안 된다'며 알아서 물러갔다. 그때는 이미 한 시간 이상 지난 뒤였지만 말이다.

재료는 아직 남았지만 강유진은 스낵카의 주변을 정리했다.

그리고 건너편 포장마차로 천천히 다가갔다.

포장마차의 천막을 열고 들어서자 꼼장어 냄새가 확 밀려왔다.

"어이쿠! 어서 와. 오랜만에 왔네."

"네, 꼼장어 하나 주세요."

주인이 꼼장어를 연탄불 위에 올리며 물었다.

"스낵카는 벌써 끝난 거야?"

"아뇨, 아직 재료는 좀 남았는데, 아저씨한테 뭐 좀 확인할 게 있어서 왔어요."

"뭘 확인하려고?"

강유진이 사진 세 장을 주인의 앞에 내밀었다.

"삼 주 전에 내 조수 죽인 애들 얼굴 확인 좀 해줘요. 이놈들 맞죠?"

"그, 그걸 내가 어떻게 안다고……."

"경찰에서 목격자가 있다고 들었어요. 3인조 강도에게 당했다고 자세히 가르쳐주더라고요. 새벽에 지나가던 사람이 경찰서까지 가서 증언했을 리는 없을 테고…… 경찰이 현장조사 나와서 주변 사람들에게 물었겠죠. 난 그 사람이 아저씨일 거라고 생각했는데, 아니면 경찰에 가서 따로 확인해 보면 되겠지만……."

"……."

주인은 말없이 꼼장어를 뒤집었다.

하지만 잔뜩 주름진 얼굴에 깃든 것은 불안과 후회였다. 얼떨결에 흉악한 범죄의 목격자가 되긴 했지만, 상대를 꼬집어 지목하게 될 날이 올 줄은 몰랐던 모양이다.

"걱정하지 마세요. 아저씨가 목격자란 것은 아무에게도 말하지 않을게요. 그냥, 확인만 해주세요. 나머지는 제가 알아서 할 테니까."

주인이 체념한 얼굴로 강유진을 바라보았다.

저 스낵카의 사장은 경찰 고위층에 아는 사람이 있다. 지금 말하지 않아도 결국 최초 신고자가 자신이라는 것을 알게 될 것이었다.

"하아! 정말 아무에게도 말하면 안 돼."

"네, 약속할게요."

"경찰이 꼬치꼬치 캐물어서 말하기는 했지만…… 사실 얼굴을 정확하게 기억하지는 못해. 나도 천막 사이로 조금 엿본 거라……."

말하면서 주인은 강유진의 눈치를 살폈다.

그가 조폭들을 어떻게 다루는지 봤기 때문에 경찰보다 더 무서웠던 것이다.

"그래도 오래되지 않았으니까…… 보면 기억날 거예요. 게다가 이 동네 엄청 환하잖아요. 책도 읽을 정돈데…… 어두워서 못 봤다는 건 말이 안 되죠. 자요, 이놈들 맞아요? 이틀 전에 찍은 사진이라 헷갈리지도 않을 거예요."

주인이 조심스럽게 사진으로 눈을 돌렸다.

빼도 박도 못하게 생겼으니 차라리 빨리 확인해 주고 끝내는 편이 나았다.

"응? 맞아, 맞아. 사진 보니까 더 확실하게 생각나네. 이놈들이야. 멀쩡하게 생겨서 믿어지지 않았다니까! 비명소리 나고 얼마 안 돼서, 이놈들이 저쪽으로 걸어가는 거 봤어."

주인이 손으로 한쪽을 가리켜 보였다.

"글쎄, 이놈들이 도망가지도 않고 저쪽으로 그냥 걸어가더라니까. 너무 태연해서 처음에는 내가 잘못 들은 줄 알았어."

"……."

"그런데 그놈들 가고 나서 보니까 스낵카 앞에 사람이 쓰러져 있더라고……. 얼른 가보니까 거기 조수잖아. 깜짝 놀라서 내가 얼른 신고했지……."

"감사합니다."

"그 미친놈들…… 뭐하는 놈들이야?"

"그냥 미친놈들인 거죠 뭐."

"아……."

주인이 꼼장어를 접시에 담아냈다.

"술은 안 하고?"

"네, 본래 술을 잘 안 마셔요."

"허허, 술도 못 마시면서 꼼장어 맛은 어떻게 알고?"

"제가 맛있는 건 잘 찾아 먹어요."

강유진이 꼼장어를 먹기 시작하자 주인도 더 이상 말을 걸지 않았다.

*　　*　　*

포장마차를 나온 강유진은 스낵카를 적당한 곳에 주차하고 프리윌리 클럽으로 향했다. 3인조 강도들이 단골로 드나드는 클럽이었다.

입구에서 신분증을 검사하던 직원이 안쪽으로 손을 가리켜 보였다. 강유진이 이십 대 초중반으로 보인 탓에 신분증을 확인하지 않은 것이다.

덕분에 강유진은 번거롭지 않게 클럽으로 들어갈 수 있었다.

클럽 안은 빈자리가 보이지 않을 정도로 만원이었다.

부드러운 음악과 현란한 조명 아래 수십 명의 남녀가 엉켜 돌아가고 있다.

강유진이 난처한 표정으로 눈을 찡그렸다.

클럽은 십 년 만에 처음이다.

그래서 그런지 가만히 서 있기도 어려웠다. 수많은 남녀가 어깨를 스치고 지나갔다.

그중 파트너가 없던 몇몇 여자들이 호감 어린 표정으로 다가왔지만, 강유진은 신경 쓰지 않았다. 관심이 다른 곳에 있으니 당연하다.

주변을 둘러보던 강유진의 눈이 한순간 반짝였다.

지난 며칠 동안 양인국의 주변에서 얼쩡거리던 남자를 발견한 것이다. 눈빛이 혼탁한 것으로 보아 좋은 일과는 거리가 먼 사람 같았다.

강유진은 남자의 옆자리로 다가갔다.

그리고 남자의 귓가에 대고 속삭였다.

“실례합시다. 나 인국이 형인데, 약 있어요?”

“누구요?”

남자가 강유진을 힐끗 쳐다보았다.

“양인국 형이라고요.”

“그런 사람 몰라요.”

남자가 경계의 눈으로 힐끔거렸다. 그렇게 생기지 않은 사람이 약을 찾으니 일단 의심이 든 것이다. 멀쩡하게 생긴 걸 보면 경찰의 끄나풀일 수도 있었다.

자리를 떠나려는지 남자의 엉덩이가 들썩거렸다.

강유진이 난처한 얼굴로 머뭇거리고 있을 때다.

“어머! 오빠! 여긴 어쩐 일이세요?”

“앗! 오빠다, 오빠!”

꺅꺅거리는 소리에 돌아보니 신은미와 친구들이었다.

강유진이 반가운 얼굴로 아는 체를 했다.

“어, 놀러 왔지.”

장소가 장소이다 보니 반말이 자연스럽게 나왔다.

신은미는 강유진이 반말을 해주자 더 좋아하는 얼굴이다.

"오빠, 혼자 왔어요?"

"우리랑 같이 가요!"

여자들의 등쌀에 강유진이 손사래를 치며 답했다.

"아냐, 친구랑 왔어. 가서 놀아."

"그럼, 나중에 봐요. 오빠."

머뭇거리던 신은미와 친구들이 하나씩 돌아갔다.

신은미는 아쉬운 얼굴로 몇 번이나 돌아본다. 가식이 아니라 진짜 함께 있고 싶다는 표정이다.

그런 강유진과 여대생들을 바라보던 남자가 히죽히죽 웃으며 자리에서 일어섰다.

"그쪽, 인국이 형이라고 했죠?"

"네."

"오세요."

남자가 손짓을 해 보인 뒤에 앞장섰다.

남자가 간 곳은 클럽의 구석에 있는 남자전용 화장실이었다.

강유진이 따라 들어가자 남자가 화장실 문을 잠갔다.

"인사나 하죠. 저는 최문식입니다."

"저는 강유진입니다."

최문식이 눈을 찡긋거리며 말했다.

"인국이는 제가 아는 동생 중 하나예요. 요즘 하도 이상한 새끼들이 많아서 조심 좀 해본 거예요. 그리고 약이라고 하면 다 놀래요. 다음부터는 도리도리(Ecstasy, 엑스터시) 있냐고 하세요. 인국이 이 새끼는 그렇게 처먹으면도 이름 하나 제대로 안 가르쳐줬나."

"아, 도리도리."

강유진이 고개를 끄덕였다.

"그런데 얼굴이 낯선 걸 보니까…… 외국에서 온 지 얼마 안 되는 모양이에요? 아니면 다른 데서 노셨던가……."

"몇 달 안 됐습니다."

사실 외국은 가본 역사가 없지만, 그냥 그렇다고 호응해 줬다.

"그러시구나. 한국은 진짜 도리도리 구하기가 엿 같아요. 미국처럼 420day(4월 20일 마리화나 하는 날) 같은 게 열리는 분위기가 조성이 돼야 하는데……. 씨발, 뭐 좀 하려고 하면 범죄자 취급을 해대니……. 그러니까 후진국 소리를 듣는 거예요. 그쵸?"

"그러게 말입니다."

"얼마나 구하시게요? 많이는 안 돼요."

"일단 한두 번 정도 사용할 분량만 있으면 됩니다."

"한 알에 8만 원에서 10만 원 하는데…… 이 동네에서 내가 제일 싸요. 두 알에 18만 원 받을게요."

강유진이 지갑을 꺼내며 물었다.

"그런데 인국이가 전에 마포대교에서 사고 쳤다고 하던데……

무슨 소리예요?"

최문식이 주머니에서 약을 꺼내며 대답했다.

"하여간 그 새끼, 비밀인데 비밀인데 하면서 제 입으로 떠벌리고 다녀요. 백인숙 살인 사건이라고 여름에 괴담처럼 떠돌아 다녔잖아요? 아, 한국에 안 계셨으니까 모르시겠다. 그게 그 새끼들이 한 짓이라고 하더라고요. 왜 인국이랑 같이 다니는 새끼들 있잖아요."

"박은혁요?"

"은혁이 알아요?"

강유진이 지갑을 다시 주머니에 넣으며 고개를 끄덕였다.

"내가 좀 알지."

최문식이 당황한 눈으로 강유진을 바라보았다.

갑자기 반말에 지갑까지 도로 넣으니 이게 무슨 일인가 싶은 모양이다.

최문식이 마약을 다시 주머니에 찔러 넣으며 중얼거렸다.

"다른 볼일로 온 모양인데……."

말과 함께 눈알이 바쁘게 움직였다. 달아날 구멍을 찾고 있는 것이다.

강유진이 담담하게 말했다.

"이봐, 그렇다고 경찰은 아니니까 겁먹지는 않아도 돼. 난 그냥 개인적인 볼일로 그놈들을 조사하고 있는 것뿐이니까."

최문식이 피식 웃으며 말했다.

"와우! 이 씨발 XX, 말하는 꼬라지 좀 보게. 개인적인 볼일로 나를 이용했다고? 최문식을?"

"그래, 기분 더럽냐?"

최문식이 천천히 품 안에서 나이프를 꺼냈다.

"나를 존나 호구로 본 모양인데…… 사람 잘못 봤다. 새끼야!"

말과 함께 최문식이 나이프를 휘둘렀다.

강유진이 슬쩍 물러나며 최문식의 손목을 잡았다.

일신상사 강한일의 단검술에 비하면 어린아이 같은 수준인지라 놀랍지도 않았다.

강유진은 최문식의 손목을 가볍게 뒤집었다.

"아악! 놔! 놔, 씨발 XX야!"

"일단 이건 맛보기로."

강유진이 손에 힘을 가했다.

뿌득.

"크악!"

챙강.

비명과 함께 최문식의 손에서 단검이 떨어졌다.

강유진의 손이 이번에는 최문식의 팔꿈치 아래로 파고들었다.

"그, 그만, 악! 제발!"

팔꿈치가 반대로 꺾이자 최문식이 부들부들 떨었다. 손목의 고통보다 꺾이고 있는 팔꿈치의 고통이 더 심했던 것이다.

강유진이 무심한 음성으로 말했다.

"제발 뭐?"

"놔, 놔줘!"

"말하는 싸가지 봐라."

"놔, 놔주세요! 제발요! 형님, 용서해 주세요!"

최문식은 망설이지 않고 애원했다. 자존심을 부릴 여유 따위는 없었다.

"묻겠다. 백인숙을 죽인 사람이 양인국과 그 일당들이 맞냐?"

"예, 맞습니다."

"만약 양인국이 너한테 그런 말을 한 적이 없다고 하면? 어떻게 할래?"

"제, 제가 왜 그런 거짓말을 하겠습니까? 인국이가 취해서 한 말이 맞아요. 저만 들은 것도 아니에요."

"또 누가 들었는데?"

"민석이도 그날 같이 들었습니다."

"민석이?"

"아까, 저랑 같은 자리에 있던 애요."

"뭐하는 놈이냐?"

"그냥 LA에 있을 때 알게 된 동생입니다."

"민석이도 약장사냐?"

"아뇨, 약은 저만…… 걔는 그냥 약으로 여자들 꼬시고…… 놀고 그러는 애예요."

"네 손님이라는 말이네?"

"……네."

똑똑.

밖에서 누군가 문을 두드렸다.

잠시 생각하던 강유진이 최문식의 팔을 놓았다.

"으윽……."

최문식이 다 죽어가는 얼굴로 강유진의 눈치를 살폈다.

"지갑 내놔."

"지, 지갑요?"

"나는 너 같은 놈들이 제일 싫어. 다시 말하게 하면 다리를 부러뜨린다."

"네, 네."

최문식이 황급히 지갑을 꺼내 건넸다.

강유진은 지갑에서 최문식의 주민등록증을 꺼낸 뒤 다시 돌려줬다.

"혀, 형님, 민증은 왜?"

"너 같은 놈을 어떻게 믿냐? 숨거나 나중에 딴소리하면, 집으로 찾아갈 거야. 나를 다시 만나지 않고 싶으면…… 착하게 살아. 휴대전화 번호 뭐야?"

"010-XXXX-XXXX 입니다."

강유진이 전화번호를 입력한 후에 최문식을 노려보며 말했다.

"잘 들어. 다시 약을 판다는 소문이 들리면…… 넌 혼자서는 움직이지도 못하게 될 거야. 현대 의학으로 고칠 수 없게, 관절을 갈아줄게. 믿어도 돼."

"예? 예, 예, 절대 안 팔겠습니다."

"그래, 너를 위해서 그러는 게 좋을 거다. 그리고 양인국에게는 연락을 하든지 말든지 마음대로 해. 어차피 결과는 같을 테니까. 하지만 양인국의 입에서 네 이름이 나오면…… 나를 다시 만나게 될 거야. 난 뒤에서 누가 내 얘기하는 거 진짜 싫어하거든."

"절대 말 안 할게요!"

"좋아. 가봐."

"예, 예."

최문식이 화장실 문을 열고 밖으로 나갔다.

곧이어 남자 둘이 거칠게 안으로 들어왔다. 문밖에서 애타게 기다리고 있던 사람들이다.

남자들은 강유진에게 뭐라고 한 소리를 하려다가 황급히 시선을 돌렸다. 뒤늦게 바닥에 떨어진 칼을 발견한 것이다.

제9화

마법사와 사이코패스

강유진은 클럽을 떠났다.

밤길을 걷던 강유진이 피식 웃었다.

뒤에서 남자 셋이 따라오고 있었던 것이다. 최문식이 그냥 갈 리가 없다고 생각했는데, 정말 그랬던 모양이다.

"하긴 그냥 보내면 섭섭했을 테지."

중얼거리던 강유진이 으슥한 곳으로 걸음을 옮겼다.

남자들의 걸음이 빨라졌다.

잠시 후 근린공원에 들어서자 뒤에서 거친 음성이 들려왔다.

"야! 거기!"

강유진이 천천히 돌아섰다.

스모선수라고 해도 믿을 정도의 덩치 둘과 제법 날렵하게 생긴 남자 하나가 다가왔다.

강유진을 부른 건 날렵하게 생긴 남자였다.

"당신, 정체가 뭐야?"

마른 남자가 몇 미터 거리를 두고 섰다.

그러는 동안 덩치 둘이 강유진의 앞뒤를 자연스럽게 막았다.

강유진이 사내와 덩치 둘을 보며 고개를 끄덕였다. 말을 걸고 막아서는 게 많이 해본 솜씨다. 최문식처럼 어설픈 깡패가 아니라는 느낌이다.

"나? 뭐가 궁금한데?"

마른 남자가 씩 웃으며 말했다.

"이거 생각보다 더 대단한 사람이군. 최문식이 우는 소리를 하기에 와봤는데…… 어쩐다. 여기까지 와서 그냥 갈 수도 없고, 당신 생각은 어때?"

"내 생각? 알고 싶지 않을 텐데."

"말해봐."

"당신들이 약을 대주는 사람들이면 팔다리 한 군데씩 부러뜨려 줄 거야. 하지만 그냥 조폭이라면…… 어떻게 해줄까? 그건 조금 생각해 봐야겠군."

마른 남자가 허리춤에서 삼단봉을 빼들었다.

붕붕.

사내가 삼단봉을 가볍게 흔들어 보였다.

"그렇다면 할 수 없네. 우리는 사업하는 사람들이거든. 그쪽은 무술 하는 사람 같다던데. 사람을 잘못 건드렸어."

사내의 움직임을 보니 아무래도 검도를 했던 사람 같다.

강유진의 얼굴에 짙은 미소가 떠올랐다.

"나는 무술도 하지만 사실은 마법사야. 예를 들면 이런 거지. 에르 쉬 바쿰."

순간 강유진의 발아래에 세 개의 서클이 나타났다.

서클은 하나로 융화되는가 싶더니, 이내 고운 빛을 뿌리며 사라져 갔다.

사내가 놀란 눈으로 중얼거렸다.

"대단한 눈속임이야……."

강유진이 속삭였다.

"벤투스, 헤이룸 이니."

휘리리릭.

바람이 스치고 지나갔다.

가만히 서 있던 사내가 갑자기 덩치들에게 소리쳤다.

"뭐해! 쳐!"

덩치들이 강유진에게 달려들었다.

강유진이 슬쩍 비켜서며 덩치 하나의 옷깃을 잡아 가볍게 업어쳤다.

쿠웅.

땅이 가볍게 울렸다.

자신의 몸무게가 주는 충격으로 덩치는 그대로 기절하고 말았다.

다른 하나가 뒤에서 강유진을 덮쳤다.

강유진이 두 발로 땅을 박찼다.

덩치의 어깨를 짚고 공중돌기를 한 강유진이 돌아서는 상대의 겨드랑이로 파고들었다.

공중을 돌고 겨드랑이를 파고들기까지 한 호흡에 일어난 일이다.

워낙 빠르고 자연스럽게 벌어진 일인지라 마른 사내의 입에서 '어!' 하는 탄성이 흘러나왔다.

다음 순간 덩치의 몸이 허공으로 떠올랐다.

쿠우웅.

상당히 높이 띄워졌던 덩치의 입에서 거품이 흘러나왔다.

삼단봉을 움켜쥔 사내의 얼굴이 긴장으로 굳어졌다.

눈 깜빡할 사이에 덩치 둘이 나가떨어졌다. 자신이라고 해도 그렇게 일방적으로 저 둘을 상대할 수는 없었다.

"유도의 고수였나?"

사내의 말에 강유진이 손가락을 까닥이며 말했다.

"아니야. 요즘은 뭘 해도 몸에 잘 붙더라고. 그건 그렇고 빨리 끝내자. 내가 좀 바쁜 사람이거든."

“후후, 자신만만해 보이는데, 나도 손에 뭘 들었을 때는 져본 적이 없어.”

“그럼 오늘이 그날이네. 몸 다 낫거든, 착하게 살아. 나쁜 짓 하다가 나를 다시 만나면…… 장애인 주차장을 이용하게 될 거야.”

“고려해 보지.”

말과 함께 사내가 번개처럼 삼단봉을 휘둘렀다.

쉬이익. 쉬익. 쉭.

강유진은 거의 머리카락 한 올 차이로 삼단봉을 피했다.

부웅.

삼단봉이 크게 비껴 지나갔다.

강유진이 사내의 빈 가슴으로 성큼 다가갔다.

놀란 사내가 물러나며 삼단봉으로 강유진의 목을 찔렀다.

강유진이 상체를 살짝 뒤틀어 삼단봉을 피했다.

어느새 강유진의 오른손이 삼단봉을 든 사내의 손목을 움켜쥐고 있었다.

강유진이 오른손을 당기며 왼손으로 사내의 등을 밀었다.

사내의 몸이 균형을 잃고 앞으로 숙여졌다.

강유진이 사내의 팔을 힘껏 비틀었다.

“크윽!”

“말했지. 몸 다 낫거든, 착하게 살아.”

우둑.

"끄아악!"
사내의 입에서 찢어지는 비명이 터져 나왔다.
강유진이 부러져 축 늘어진 사내의 팔을 내려놓았다.
곧이어 정신을 잃은 덩치들에게 다가갔다. 약속을 지키려는 것이다.
강유진이 덩치들의 팔을 가리키며 중얼거렸다.
"카데 바쿰."
빠득.
빠득.
조용한 가운데 기이한 음향이 울려 퍼졌다.
뼈가 부러지고 있었지만 덩치들은 쥐죽은 듯 조용했다. 이미 정신을 잃은 탓에 고통 없이 일을 치른 것이다.
멀리서 마른 사내가 연신 소리를 질러댔다.
자신의 고통에 집중하느라 마른 사내는 강유진이 뭘 하는지도 알지 못했다.
"씨발! 씨발! 아프잖아!"
사내의 절규가 어둠을 가르고 멀리 퍼져 나갔다.

*　　*　　*

시계를 보니 어느덧 새벽 4시.

아직 클럽을 전전하는 박은혁이 집으로 돌아갈 시간은 아니다. 그래도 -두 발 달린 짐승인지라- 언제 돌아갈지 모르니 슬슬 준비는 해둬야 한다.

강유진은 스낵카를 몰고 마포에 있는 박창섭 의원의 집으로 향했다.

클럽에서 놀던 박은혁이 집으로 돌아온 시간은 새벽 5시 무렵이다.

박은혁의 벤츠 E300이 캄캄한 골목길로 미끄러지듯 접어들었다.

골목길을 유유히 지나가던 벤츠가 갑자기 상향등을 번쩍거렸다. 남자 하나가 길 한복판을 느릿하게 걸어가고 있었던 것이다.

그래도 남자는 비켜줄 생각을 하지 않았다.

참다못한 박은혁은 창문을 내리고 욕을 퍼부었다.

"비켜, 새끼야! 죽고 싶어!"

그렇지 않아도 오늘따라 클럽 물이 좋지 않아 짜증이 나 있는 상태였다.

사내가 뒤를 힐끔 돌아보았다.

하지만 사내는 조롱하듯 팔자걸음으로 걸어갔다.

"야, 개XX야!"

박은혁이 상향등을 번쩍이며 사내의 등 뒤까지 차를 갖다 붙였다. 성질 같아서는 그대로 밀어버리고 싶었지만, 여기는 집 앞이었다.

차고의 입구까지 남은 거리는 고작 10여 미터. 이런 곳에서 사고를 칠 수는 없었다.

게다가 집 근처에는 방범 카메라가 몇 개나 달려 있다. 사람 하나 죽이는 것은 일도 아니지만, 여기서만큼은 그럴 수가 없는 것이다.

"졸라 운 좋은 개XX…… 헉!"

중얼거리던 박은혁의 입에서 신음소리가 터져 나왔다.

사내가 돌아서서 자신의 애마를 향해 뭔가를 집어 던졌던 것이다.

퍽.

라이트 하나가 깨졌는지 단번에 죽어버렸다.

"이런 개XX!"

박은혁이 벤츠의 문을 열고 밖으로 튀어 나갔다.

사내는 반대편 조수석 쪽으로 도망가며 발로 문짝을 걷어찼다.

콰직.

문짝이 일그러지는 소리가 들린다.

이성을 상실한 박은혁이 미친 듯 사내를 향해 뛰어갔다.

하지만 사내는 잡힐 듯 잡힐 듯 잡히지 않았다.

오히려 빙글빙글 돌며 차를 걷어찼다.

퍽. 퍽. 퍽.

그렇게 몇 바퀴를 돌자 벤츠의 문짝이 모두 움푹 파였다. 하얗게 빛나던 차체는 어느새 발자국으로 가득했다.

“야! 이 개XX야! 이게 얼마짜린 줄 알고! 너 죽었어!”

박은혁이 운전석의 문을 벌컥 열었다.

순간 사내가 어둠 속으로 줄행랑을 치기 시작했다.

박은혁은 벤츠의 시동을 걸고 사내의 뒤를 따라갔다. 경찰에 신고를 하는 답답한 짓은 하지 않았다.

대신 운전석 밑에 넣어뒀던 망치를 꺼냈다.

따라가서 죽여버릴 생각이었다.

달아나던 사내는 건설사에서 뭔가를 짓다가 방치한 공터로 허둥지둥 뛰어 들어갔다.

골조를 드러낸 건물 앞쪽 공터에 허둥대는 사내의 뒷모습이 보인다.

박은혁은 급가속해서 사내를 들이박았다.

쿵.

묵직한 충격과 함께 사내의 몸이 앞으로 튕겨 나갔다.

그것으로도 부족한지 박은혁은 차에서 내려 뚜벅뚜벅 걸어갔다.

박은혁의 손에는 망치가 들려 있었다.

"씨발! 내가 오늘 개 한 마리 잡고 개 값 치렀다 생각한다!"

쓰러져 있던 사내가 꿈틀거렸다.

깜짝 놀란 박은혁은 벼락같이 달려들어 망치를 휘둘렀다.

순간 사내가 한쪽으로 몸을 굴렀다.

맹렬하게 휘두른 망치가 맨바닥에 박혔다.

퍽.

"어딜 피해, 개XX야!"

박은혁은 '운 좋은 새끼' 라고 중얼거리며 다시 사내를 쫓아갔다.

축 늘어져 있던 사내가 느릿하게 몸을 일으켰다.

기세 좋게 걸어가던 박은혁이 멈칫거렸다.

방금 자신이 차로 들이박은 남자가 너무 멀쩡하다는 생각에서다. 그 정도 충격이면 뼈가 부러져도 여러 개 부러져야 정상인데, 사내는 아무렇지도 않은 얼굴이었다.

갑자기 기분이 나빠지기 시작했다.

사내, 강유진이 차갑게 말했다.

"박은혁, 그게 네가 잘 사용한다는 망치냐?"

"뭐, 뭐야! 너 누구야?"

"나? 얼마 전에 네가 죽인 남자가 일하던 곳의 사장."

"무, 무슨 소리야! 그런 적 없어! 뒤집어씌우지 마!"

"그래, 넌 그 망치로 사람을 죽여본 적이 없을 거야. 지금도 나를 죽일 생각은 없었던 거지? 그렇지? 그냥 사람들이 알아서 망치에 머리를 들이민 거지?"

"개XX…… 네가 내 차를 박살내서 그런 거잖아. 난 사람을 죽인 적이 없어."

"그럼 왜 나는 죽이려고 했는데?"

"네가 내 차를 박살냈잖아!"

"차를 박살내면, 차로 치고 망치로 때려죽여도 돼?"

"……."

흉폭한 눈으로 강유진을 노려보던 박은혁이 비릿하게 웃으며 말했다.

"그래, 씨발 놈아. 내가 죽였다. 그래서? 어쩔 건데? 복수라도 하려고 나한테 꼬장을 부린 거냐?"

"복수? 그런 거 안 해."

"그럼, 돈이냐? 얼마를 원해?"

"돈…… 100조쯤 있냐? 없으면 돈 얘기 꺼내지도 마."

"미친 새끼. 사정 좀 봐줄까 했더니 안 되겠다. 역시 넌 죽어야겠다."

박은혁이 강유진의 머리로 망치를 휘둘렀다.

강유진이 왼쪽으로 한 걸음 비켜섰다.

망치가 허공을 가르며 지나갔다.

강유진의 손이 박은혁의 망치를 쥔 손목을 움켜잡아 뒤로 꺾었다.

곧이어 박은혁의 팔꿈치 아래를 강유진의 다른 손이 받쳤다.

손목과 팔꿈치가 꺾이자 박은혁은 움찍달싹하지 못하고 소리만 질렀다.

"아! 아! 놔! 놔! 새끼야!"

"아프냐?"

"아파! 그러다가 부러진다고! 놔! 새끼야!"

"나도 꺾여봐서 아는데…… 아프더라."

빠득.

"크아악!"

갑자기 팔꿈치 뼈가 부러지자 박은혁의 입에서 비명이 터져 나왔다.

그래도 강유진은 박은혁을 놓아주지 않았다.

"사, 살려주세요! 아악! 아파요! 제발!"

"나는 널 죽이지 않아. 너 같은 살인마가 아니거든. 하지만 때로 고통이 죽음보다 더 견디기 힘들 때가 있지. 그런 거라면 얼마든지 해줄 수 있어."

"대체 왜 그러시는데요! 잘못했어요! 용서해 주세요! 제발! 아악! 아! 아파요!"

강유진이 박은혁의 귓가에 속삭였다.

"너, 사이코패스지?"

"네? 아, 아닙니다."

"말해봐. 나는 너에 대한 건 제법 많은 걸 알고 있다고. 이를테면 너와 친구들이 백인숙 씨에게 한 일도 알고 있어. 그러니까 가식 떨지 말고 그냥 솔직하게 말해. 네가 사이코패스라는 거 알고 있지?"

"……."

강유진이 손에 힘을 주었다.

"아악! 맞아요! 저 사이코패스 맞습니다! 제발!"

"언제 알았어?"

"……중학교 때요."

"말해봐."

"뭐, 뭘요?"

"어떻게 알게 된 건지."

"개를…… 죽였습니다."

강유진이 박은혁의 귀에 바람을 불어넣었다.

"후~ 앞으로 같은 걸 두 번 묻게 하면…… 반드시 어딘가 부러질 거야."

상대의 행동에 박은혁이 몸을 흠칫 떨었다.

'이건 미친놈이다!'

미친놈에게는 애원도, 버티기도 통하지 않는다. 그냥 원하는 것을 그때그때 던져줘야 한다.

문득 박은혁은 상대가 자신과 같은 부류일지도 모른다는 생각을 했다.

'씨발, 될 대로 되라.'

앞뒤 계산을 포기하니 마음이 편해진다.

"……11층 아파트 옥상에서 개를 화단으로 던졌습니다."

"마지막 경고야. 부러진다."

"……던지기 전에 묶어서 다트 표적으로 쓰다가…… 죽었기에 던졌습니다."

"이정우는 왜 죽인 거냐?"

"이정우가 누군데요?"

"스낵카."

그제야 박은혁은 이정우라는 사람이 누군지 기억해 냈다.

"기분 나쁘게 꼬라보길래……."

"쳐다본다고 사람을 죽여?"

"잘못했습니다! 용서해 주세요!"

"너에게 마지막 기회를 주겠다."

"어, 어떤 기회요?"

"경찰에 자수해라."

"제발…… 봐주세요. 집에서 알면 저는 죽어요."

"자수하지 않으면, 사지를 부러뜨린 뒤에…… 내가 신고한다."

"……."

박은혁은 부들부들 떨기만 했다.

그것이 부러진 팔의 고통 때문인지 치욕 때문인지는 본인만 알 수 있을 것이었다.

"두 번 물으면 어떻게 한다고 했지?"

"……자수하겠습니다."

"오늘을 넘기지 마라."

"예, 예, 팔 좀 놔주세요. 제발요."

잠시 생각하던 강유진이 박은혁의 팔을 놓았다.

"크윽! 으악!"

박은혁은 덜렁거리는 팔을 붙잡고 어쩔 줄 몰라 했다.

"박은혁, 달아나도 소용없다."

"……."

강유진은 팔이 부러진 박은혁을 집으로 데리고 갔다.

박은혁이 집으로 들어가자 강유진도 돌아섰다.

이제는 박은혁이 약속을 지키는 일만 남았다. 약속을 지키면 다행이고, 지키지 않으면 조금 복잡해지겠지만, 그래도 결과는 같다.

잠시 후에 온 집 안의 불이 켜졌다.

그리고 십 분쯤 지나자 중형차 한 대가 급하게 달려왔다. 박창섭 의원의 주치의가 긴급호출을 받고 온 것이다.

"누구야! 대체 누가 이런 짓을 한 거야!"
박창섭 의원이 부들부들 떨며 아들의 부러진 팔을 바라보았다.
부인인 김혜인도 한마디 거들었다.
"어디서 강도라도 만난 거냐? 아니면 테러야? 차도 완전히 박살이 났다면서?"
박은혁은 부모의 눈치만 살필 뿐 감히 입을 떼지 못했다.
사회 경험이 많은 박창섭 의원이 부인에게 말했다.
"이 녀석과 할 얘기가 있으니 당신은 좀 나가 있어요."
"네? 왜요……."
"남자들끼리 있어야 편한 얘기도 있는 법이오."
"……알았어요. 그럼 나중에 얘기해 줘요."
김혜인은 순순히 아들의 방에서 물러났다. 어차피 남편이 전후 관계를 정리해서 가르쳐줄 거라고 생각해서다.
박창섭이 아들을 지그시 바라보며 물었다.
"말해봐라. 경찰에 신고도 하지 않겠다는 이유가 뭐냐? 나 모르게 또 사고를 치고 다녔느냐?"
"……."
"하아!"
박창섭이 장탄식을 터뜨렸다.
아들의 자신 없는 표정을 보니 큰 사고를 치고 들어온 모양이다.

"무슨 일인지 말을 해야…… 해결책을 찾을 게 아니냐?"

"……용서해 주세요."

"뭘? 무슨 짓을 했는데?"

"친구들하고 있다가 싸움이 나서…… 사람을……."

"누굴 다치게 한 거냐?"

"……죽였어요."

"……."

멍한 눈으로 아들을 바라보던 박창섭 의원이 벌떡 일어섰다.

"이 정신 나간 놈아! 세상에는 용서가 될 일이 있고! 용서 받지 못할 일이 있는 법이다! 사람을 죽여? 네가 그러고도 인간이냐!"

박창섭 의원이 미친 듯 아들의 따귀를 날렸다.

짝. 짝. 짝.

박은혁의 입술이 터지며 피가 흘러내렸다.

뒤늦게 박은혁은 성한 손으로 머리를 감싸 안고 상체를 수그렸다.

씩씩거리던 박창섭 의원이 다시 물었다.

"누굴, 왜 죽인 거야!"

이때까지만 해도 박창섭은 아들이 싸움에 휘말린 줄 알았다.

하지만 이어지는 아들의 고백에 박창섭은 뒷목을 부여잡고 주저앉고 말았다.

"친구들과 홍대 근처의 스낵카에서 뭘 먹다가…… 주인과 시비가 붙었어요. 욱해서…… 친구들과 그 사람을 때렸는데…… 그만 죽었어요."

"그러니까…… 여럿이 한 사람을 죽였다는 말이냐?"

"예……."

"미, 미친놈들! 선량한 시민을 죽여? 누구야? 네놈과 함께 사람을 죽인 친구라는 쓰레기들이!"

"……아버지도 아는 애들입니다. 인국이와 주영이요."

"그, 그놈들이…… 대체 뭐가 부족해서……."

미래투신 양문호 사장의 아들과 인화건설 이기백 사장의 아들이었다. 모두가 대한민국의 재계에서 알아주는 집안의 자식들이다.

박창섭 의원이 자신의 머리를 움켜잡고 중얼거렸다.

"아무리 철이 없다고 해도 그렇지…… 사람을 죽이다니…… 사람을……."

"아버지…… 저를 이렇게 만든 사람은…… 스낵카 사장이에요. 자수하지 않으면…… 신고를 하겠다고 했어요. 저는 이제 어떻게 해요?"

"뭘 어떻게 해! 자수를 해야지! 지은 죄가 있으면 벌을 받아야 하는 법이야! 사람을 죽였으면 그에 상응하는 벌을 받아야 해! 아니, 벌을 받아도 그 죄는 씻어지지 않아! 대체 왜! 무슨 생각으로 그런 짓을 한 거냐! 나와 네 엄마가 너를 어떻게 가르쳤는데! 왜!"

사람을 죽였단다.

박창섭 의원의 눈에서 눈물이 흘러내렸다.

차라리 꿈이라면 좋겠다.

애지중지 키운 아들이 밖에서 사람을 죽이고 들어오다니?

한참 만에 박창섭 의원이 말했다.

"그 사람 말대로 자수해라. 그게 그나마 너와 우리 모두를 위한 길이다. 만약 그 사람이 경찰에 신고를 한다면…… 걷잡을 수가 없게 된다. 너도 중벌을 피할 수 없고, 나도……."

그렇다. 그때는 자신도 더 이상 얼굴을 들고 다니지 못하게 될 것이다. 하지만 자수라면 희망이 있다. 언론사와는 적당한 선에서 합의를 보면 된다. 정적(政敵)들의 공세는 동정론으로 대처하면 된다. 엇나간 자식을 위한 피 끓는 부정(父情)이라면, 어느 정도 선에서 상쇄될 수 있을 것이었다.

"시, 싫어요. 아버지, 저 좀 살려주세요. 감옥에서 평생 썩을 바에야…… 차라리 죽을래요."

"하아! 다행히 한국의 사법제도는 강력범죄에 혹독하지 않아. 변호사를 잘 만나면 좋은 결과를 얻게 될 거다. 판사까지 줄이 닿으면 그보다 더 좋아지지. 몇 년만 살면…… 감형을 받아 나오게 해주마."

어느 정도 이성을 되찾은 박창섭은 아들을 설득했다.

하지만 박은혁은 감옥에 간다는 자체를 받아들이지 못했다. 박은혁에게 있어 감옥은 인생의 실패자들이 마지막으로 가게 되는 곳이었다. 박은혁은 -고작 사람 몇을 죽였다는 이유로- 그런 사람들과 한 부류가 되고 싶지 않았다.

"싫어요. 절대 안 가요. 감옥에는 절대 못 간다고요. 아버지…… 좀 살려주세요. 아버지는 할 수 있잖아요. 네? 제발요."

"내가 할 수 있는 일이 있고, 할 수 없는 일이 있다. 아니, 해서는 안 되는 일이 있다. 네가 사람을 죽인 것은…… 무엇으로도 용납되지 않는 중죄야."

"그, 그럼, 저는 여기서…… 이대로 죽을래요."

박은혁이 웅크리고 앉아 무릎 사이에 머리를 처박았다.

박창섭 의원이 참담한 표정으로 아들을 내려다보았다.

상처 입은 짐승처럼 잔뜩 웅크리고 있는 아들이 눈에 밟힌다. 깁스를 한 손을 보고 있으려니 가슴이 찢어지는 것 같다.

'아아…… 어떻게 해야 한단 말인가…….'

박창섭 의원은 결국 결론을 내리지 못하고 자리를 떴다.

박은혁은 그날 이후로 방에 틀어박혀 나오지 않았다.

마치 방에서 나가면 큰일이라도 나는 것마냥 문을 꼭꼭 닫아걸었다. 결국 보다 못한 김혜인이 직접 상을 차려 아들의 방으로 가져다 줘야 했다.

삼 일이 지났다.

그동안 박창섭 의원은 줄기차게 자수를 권유했다. 뒤늦게 사실을 알게 된 김혜인도 눈물로 애원했다.

하지만 박은혁은 요지부동이었다.

감옥에 가느니 그냥 죽겠다며 나중에는 음식도 입에 대지 않았다.

*　　*　　*

사 일째 되던 날, 일찌감치 여의도로 출근한 박창섭 의원은 양문호 사장에게 전화를 걸었다.

함께 아들의 일을 상의하기 위해서다.

때려죽이고 싶을 만큼 미운 자식이지만 막상 죽겠다고 버티고 있는 꼴을 보니 마음이 좋지 않았다. 뭔가 방법을 찾아본다면, 하나보다는 둘이, 둘보다는 셋이 나을 것이었다.

양문호 사장은 전화를 받자마자 '죽고 싶다'는 말부터 했다.

그의 아들도 스낵카 사장이라는 남자에게 당해서 팔이 부러진 상태였다.

"못난 아들 녀석에게 자수를 권하고 있지만…… 차라리 죽겠답니다. 어떻게 해야 하나요?"

"……."

양문호 사장의 물음에 박창섭 의원은 한숨을 길게 내쉬었다.

자신의 아들도 그 문제로 단식에 들어갔기 때문이다.

멍하니 수화기를 들고 있는데 양문호 사장의 나지막한 음성이 들려왔다.

“의원님, 인화건설의 이기백 사장이 어제 전화를 했더라고요. 그런데…… 이 사장이 이상한 말을 했습니다.”

“무슨 말을 했는데요?”

“마포의 일신상사라는 곳에서 사람이 찾아왔답니다.”

“그런데요?”

“그 사람 말이…… 휴우!”

무슨 말을 하려는지 양문호 사장은 한숨부터 내쉬었다.

박창섭 의원은 가만히 기다렸다. 뭔가 수가 생겨난 모양인데, 그 말을 어렵게 꺼내고 있다는 느낌이 들었기 때문이다.

“스낵카 사장에게 정보를 제공한 사람이 자신이라고 했답니다.”

“그래서요? 그 사람도 자수를 하라고 합니까?”

“전혀요. 그 반대의 제안을 했답니다.”

“허어! 이번에는 제안이요?”

박창섭 의원의 가슴이 요동쳤다.

평소의 신념을 생각하면 일고의 가치도 없는 말이지만, 왠지 듣고 싶었다. 그 제안이라는 것이 불법적인 거라는 느낌은 들지만, 듣고 싶지 않다는 말은 나오지 않았다.

박창섭 의원의 눈치를 살피던 양문호 사장이 조심스럽게 운을 뗐다.

"7억 원을 주면 영원히 묻어두겠답니다."

"……."

박창섭 의원은 소리 없이 한숨을 흘렸다.

7억 원. 크다면 크고 작다면 작은 돈이다. 단돈 7억 원에 앞날이 창창한 젊은이 세 명의 운명이 걸려 있다고 생각하면 아깝지는 않다. 하지만 정말 그래도 되는 것일까? 그건 분명히 범죄다. 자식들의 살인 사건 못지않은 중죄였다.

"하지만 스낵카의 사장은 자수를 하라고 했다면서요?"

"그쪽 말이…… 스낵카 사장은 자기들이 알아서 조용히 시킬 테니까, 돈으로 타협을 보자고 했답니다."

"조용히라는 말은…… 설마?"

"네, 어떻게든 자기가 처리하겠답니다. 그럼 자기 손에도 피를 묻히게 되니까…… 피차에 떠들고 다닐 수 없어 좋은 일이 아니냐고 오히려 되묻더랍니다."

"허…… 그 스낵카 사장은 어떤 사람이랍니까?"

"스낵카 사장에 대해 아는 사람은 없는 것 같았습니다. 그런데 이 사장은 솜씨나 사람을 다룰 때 잔혹한 구석이 있는 걸로 봐서, 일반 시민이 아닌 것 같다고……."

"그쪽 세계의 사람이라는 뜻입니까?"

"아무래도 그런 것 같습니다."

"……."

박창섭 의원은 아무 말도 하지 않았다.

아무래도 이번 일을 두고 조폭들 간의 분쟁이라도 일어난 모양이다. 자수를 종용한 남자가 조폭이라고 생각하니 왠지 다행이라는 생각도 든다. 상대가 조폭이라면, 자기들끼리 알아서 해결하게 두는 것도 좋은 방법일 것이다.

"양 사장님의 생각은 어떻습니까?"

"조폭들과 얽히는 게 두고두고 후환거리이기는 합니다만…… 어떤 게 좋은 일인지 솔직히 판단이 잘 안 섭니다. 자식이 얽힌 일만 아니라면 좀 더 이성적으로 생각해 볼 수도 있겠는데…… 그럴 수가 없군요. 하아! 자식이 원수라더니……."

"음, 제 생각은 이렇습니다. 조폭들의 일은 조폭들끼리 알아서 하라고 하십시오. 다시는 그런 쓸데없는 일로 연락하지 말라고도 하시고요."

"의원님은…… 거절이신 겁니까?"

"꼭 그런 건 아닙니다. 상대가 그렇게 해서 알아들으면 다행이고, 알아듣지 못하면…… 자식 놈들을 경찰서로 끌고 가야지요."

"아! 알아서 하라는 말씀이었군요."

"그렇습니다. 우리가 그런 놈들과 정식으로 거래를 틀 수는 없지 않습니까? 지금이 무슨 50년대도 아닌데…… 그랬다가는 두고 두고 약점을 잡히게 됩니다. 그러니 너희들 일은 너희들이 알아서 하라는 식으로 선을 그으라고 하세요. 머리가 돌아가는 놈이면…… 서로에게 좋은 결과가 생길 수도 있겠지요."

"역시 의원님이십니다. 일이 끝나면 경비는 우리가 알아서 준비하겠습니다. 의원님은 이런 일에 신경 쓰지 않으셔도 됩니다."

"그래 주시면 저야 고맙지요. 그렇지 않아도 정치자금법 때문에 아주 피가 마를 지경입니다."

"이번 일이 해결되면 아들놈을 다시 미국으로 보내버릴 생각입니다. 의원님은?"

"저도 그래야 할 것 같습니다. 한국은 땅덩어리가 작아서…… 금방 이런저런 이야기가 돌거든요. 언제 어떤 기사가 뜰지 조마조마합니다."

"그러시군요. 저는 지사라도 하나 차려서 이참에 아주 보내버릴 생각입니다."

"LA에 지사를 내시게요?"

"네, 한국은 대북 문제로 유동성이 좀 심해서요."

"쯧, 저 같은 사람이 정치를 못해서 양 사장님같이 기업하시는 분들을 힘들게 한 것 같아 송구스럽습니다."

"천만의 말씀이십니다. 박 의원님 같은 분만 계시면 통일도 벌써 됐을 겁니다. 의원님은 나라 일만 걱정하고 사시지 않았습니까! 의원님 같은 분이 돈 걱정 없이 정치에 전념하게 해야 하는데…… 그놈의 정치자금법이 뭔지…… 나라가 이러고도 망하지 않는 걸 보면 신기하다니까요."

"양 사장님 같은 애국자들이 보이지 않는 곳에서 헌신하고 있기 때문이 아니겠습니까?"

"에구, 별말씀을요."

박창섭 의원은 일상적인 잡담을 끝으로 전화를 끊었다.

이제야 조금 숨통이 트인 느낌이다.

"인생도 결국 정치의 연장인 건가……."

정치에 있어 정의와 진실은 의미가 없다. 권력이 곧 정의요, 진실이다. 공동의 목표가 생기면 때려죽일 원수도 동지로 변한다. 필요다면 친구도 버려야 하고, 원수의 뒤를 봐줘야 할 때도 있다. 궁극의 목표인 권력 획득보다 앞서는 가치가 없는 까닭이다.

하지만 인생에는 뭐가 있다고 이렇게까지 해야 하나?

스스로에게 물어봐도 답이 없다.

그저, 자식이 원수일 뿐이다.

*　　*　　*

강한일이 일신상사의 대표 한영권에게 누군가를 가리키며 말했다.

"사장님, 이쪽은 타이거(Tiger)로 알려진 간펑루이(甘風銳)입니다."

"응? 영국 왕 이름과 같네?"

한영권의 농담에 타이거가 히죽 웃어 보였다.

"그냥 타이거라고 부르면 됩다."

"응? 중국 사람인 줄 알았는데…… 한국말 잘하네?"

"연변에서 왔슴다."

"아, 조선족…… 총을 잘 쏜다고?"

"좀, 할 줄 압니다."

"한국에는 언제까지 있을 건가?"

"명년 3월에 돌아갑니다."

"응? 오래 있네?"

"일이 좀 있어서 그렇슴다."

"그나저나 강 전무에게 자세한 내용은 들었나?"

"네. 들었슴다."

"노파심에서 하는 말이지만 뒤탈 없이 잘해야 해. 일이 잘못되면…… 여럿 죽어 나갈 거야. 생각보다 판이 커졌거든."

"염려하지 마십쇼. 이때까지 내 손으로 보낸 사람만 서른이 넘슴다."

"옛날 얘긴 할 거 없고, 일이나 잘 처리해."

한영권의 말에 타이거가 눈살을 찡그렸다. 무시하는 듯한 태도에 기분이 상한 것이다.

"왜 대답이 없어. 알았어? 몰랐어?"

"알겠습다."

대답과 함께 타이거가 간다는 말도 없이 나가버렸다.

타이거가 사무실 밖으로 나가자 한영권이 강한일에게 시선을 돌렸다.

"저 짱깨 새끼 옆에 붙어 있어. 그리고 허튼 짓 하려고 하면…… 묻어버려. 여기서 일이 꼬이면 우리는 다 죽어."

"알겠습니다."

잠시 후 강한일이 타이거의 뒤를 쫓아 사무실을 떠나갔다.

한영권이 굳게 닫힌 문을 바라보며 중얼거렸다.

"그런데 짱깨들이 마포에는 왜 왔지? 여기 뭐 따먹을 게 있다고? 씨발, 세계화 무섭네……."

제 10 화

메리 크리스마스

검은색 중형차 한 대가 일신상사의 주차장을 빠져나갔다. 강한일의 승용차다.

하지만 지금 운전대를 잡고 있는 사람은 철저하게 강한일의 사람인 제비였다. 강한일의 손목이 부러져 당분간 제비가 운전을 해주고 있었다.

제비가 룸미러를 통해 뒷자리를 힐끔거렸다.

강한일과 타이거의 딱딱하게 굳은 얼굴이 보인다.

"큰형님 앞에서 기분 나쁜 얼굴을 하지 마십쇼. 예민하신 분이라…… 우리 일에 도움이 되지 않아요."

"흥! 그런 놈을 무슨 큰형님이라고…… 그런 건 그냥 내 먹이일 뿐임다."

"그건 일이 끝난 뒤에나 가능할 소리고."

"약속대로 난 둘을 처치할 검다. 강 전무님은 나와의 약속을 잊지 마시오."

"알고 있소. 내가 사장이 되면 그쪽과 확실하게 거래를 트겠소. 물건이나 제대로 공수해 오시오. 나도 돈 좀 벌어봅시다."

"후후, 약은 최고급으로 옵니다."

"좋시다. 이참에 한중수교나 튼튼하게 맺어봅시다. 언제 그쪽 분들하고 자리나 마련해 주시오."

"일이 잘 끝나면…… 여름에 만날 수 있을 검다."

"좀 더 빨리 안 됩니까?"

"너무 조급하게 굴지 맙시다. 우리 대국(大國) 사람들은 큰일을 앞두고 서두르지 않습다."

"……."

문득 차창 밖을 바라보던 강한일이 말했다.

"응? 제비야, 저거 그 스낵카 아니냐?"

"아닌 것 같은데요. 형님."

"그래? 이젠 씨발 스낵카만 보면……."

가슴이 철렁거린다. 자라 보고 놀란 가슴 솥뚜껑 보고 놀란다고, 딱 그 꼴이다.

얼마나 시간이 지났을까?

차가 스르륵 멈춰 섰다.

곧이어 강한일이 타이거에게 말했다.

"이 길 따라 오 분만 올라가면 박 의원 집이오."

"알겠습다. 그럼, 이제 부터는 알아서 할 테니, 나중에 봅시다."

타이거가 재빨리 차문을 열고 내렸다. 목표물인 스넥카 주인이 박 의원 집 주변에 출몰한다니 근방의 지리를 익혀둘 참이었다.

제비가 차를 출발시키며 조심스럽게 물었다.

"형님, 정말 저 새끼들이랑 사업하시게요?"

"어쩔 수 없다. 더 이상 전처럼 칼을 쓸 수 없으니…… 새로운 사업을 해볼 수밖에……. 누군 좋아서 손을 잡겠다고 한 줄 아냐……."

"그래도 마약은 좀…… 위험하지 않겠습니까?"

"어차피 우리가 아니라도 다른 조직에서 했을 일이다. 기회가 왔을 때 잡아봐야지. 우리가 거절하면 저 새끼들 분명히 다른 조직으로 달려갈 거다."

"……."

침울한 표정을 하고 있는 제비를 향해 강한일이 물었다.

"넌 짱깨가 무섭냐?"

"저 새끼들 진짜 악바리잖아요. 총질도 쉽게 해대고. 사람 목숨 우습게 안다고요."

"그래도 여긴 한국이야, 인마. 마적단이나 해적이 활개치고 다니는 중국이 아니라고. 여기서는 총 한번 잘못 쏘면 바로 아웃이야. 짱깨라고 별수 있는 줄 아냐?"

"우리는 사람은 안 죽이잖아요. 저 새끼들은 지들끼리도 막 죽이고 다닌다던데."

"아 새끼, 남자가 뭐 그렇게 새가슴이야. 우리가 큰형님이랑 스낵카 주인 재끼려면 어쩔 수 없어. 저 새끼들 손이라도 빌려야지."

"하여튼 형님, 조심하세요. 타이거 저 새끼 눈빛이…… 아주 재수 없어요."

"저런 게 진짜 사람 많이 죽인 새끼들 눈빛이야. 그치?"

"예, 생각할수록 젓 같아요. 진짜……."

강한일이 휴대전화를 꺼냈다.

"두꺼비냐? 방금 타이거를 마포 박 의원 동네에 내려줬다. 이제부터는 타이거가 일 제대로 하는지 멀리서 지켜봐라. 뭐? 새끼야! 스낵카 지키고 있으면 사장이 나타날 거 아냐. 사장 주변에 타이거가 어슬렁거리고 있겠지. 타이거 얼굴은 알잖아? 그래, 만약 타이거를 놓치면, 스낵카 사장이라도 잘 감시해. 타이거가 일 제대로 하나 안 하나. 뭐? 그런 걱정은 할 필요 없어. 끊어!"

강한일이 전화를 끊고 머리를 설레설레 흔들었다.

"짱깨는 아무데서나 내려줘도 지가 알아서 하겠다고 하는데…… 정작 마포에서 굴러먹던 놈은 타이거를 어떻게 찾냐고 징징대니…… 하아!"

"두꺼비가 원래 둔하잖습니까. 형님."

"제비야, 두꺼비 이 새끼가 나한테 뭐래는지 아냐?"

"뭐라고 했는데요?"

"타이거가 자기를 경찰로 알고 쏘면 어떻게 하냐고 걱정한다. 그 썩은 감자 같은 얼굴로."

"그러게 말입니다. 형님, 두꺼비 귀밑에 별 문신 했잖아요? 경찰은 문신 못 하는데."

"진짜 그러네. 하여간 생각 없는 새끼야."

"자기는 뇌도 근육이라고 자랑하던데요 뭐."

"에혀! 단순한 새끼."

"두꺼비에게 맡겨도 괜찮으시겠습니까?"

"믿을 만한 사람이 없잖아. 사람이……."

스낵카 사장을 처치하는 일은 아는 사람이 적을수록 좋다. 게다가 최종 목표는 큰형님이다. 자신이 거두어서 키운 극소수의 사람만 써야 한다.

강한일이 붕대를 감은 손을 만지작거렸다.

의사는 '너무 심하게 부서져서 완전한 회복은 불가능하다' 고 했다. 마포 최고의 칼잡이가 병신이 된 순간이다. 밑에서 치고 올라오려던 놈들이 알면 좋아할 소식이다. 그러니 큰형님 말처럼 그

전에 쇼부를 봐야 한다. 버려질 수도 있는 2인자가 아니라, 굳이 칼을 쓰지 않아도 되는 1인자가 되어야 하는 것이다.

"참, 넌 놀고 있는 애들 풀어서 스낵카 사장 뒷조사나 해."

"뒷조사요?"

"그래, 인마. 그놈 정체가 뭔지, 누굴 만나고 다니는지 알아둬야 할 거 아냐. 독고다이로 다니는 놈이라면 다행이지만…… 뒤를 봐주는 놈들이라도 있으면 골치 아프잖아. 유비무환이라는 말 몰라? 싸움 졸라 잘하는 거? 그거 다 소용없다. 이젠 머리를 써야 돼."

"아, 알겠습니다."

*　　　*　　　*

강유진은 박은혁과 양인국, 이주영이 집에서 두문불출(杜門不出)하자 분노와 함께 허탈감을 느꼈다.

강유진은 몇 번이나 관할 경찰서를 찾아갔지만, 선뜻 들어가지는 못했다. 세 사람을 신고하는 것은 일도 아니다. 하지만 그 뒤가 문제였다. 그들에게 상해를 입힌 것이 문제가 될 수도 있었다. 요즘 세상이 어떤 세상인가? 살인범을 잡아줘도 피의자를 다치게 하면 처벌 받을 수 있다.

그날도 홍익지구대 앞에서 강유진이 망설이고 있을 때다.

"아니, 당신 또 왜 왔어?"

뒤에서 누군가 시비조로 물었다.

돌아보니 바빠서 수사를 할 수 없다던 박경철 경장이다.

방금 식사를 하고 왔는지 이쑤시개 하나를 입에 물고 있었다.

"비디오 대여점 주인은 남의 일에 신경 쓰지 마쇼."

강유진이 쏘아붙였다.

바쁘다는 경찰을 대신해 발바닥이 부르트도록 뛰어다니고, 이제는 범인까지 알지만, 더 이상 어떻게 할 수 없는 심정이니 당연하다.

"아니, 뭐 이런 사람이 다 있어? 당신 다치고 싶지 않으면 꺼지는 게 좋을 거야."

박경철 경장이 서슬을 세웠다.

순간 강유진이 냉랭한 음성으로 말했다.

"이런 사람? 당신? 너 이 자식! 나이가 몇이야? 경찰이면 다야? 어디 나이 많은 사람에게 함부로 입을 놀려! 내가 스낵카를 끌고 다니니까 막 대해도 될 것 같아!"

"뭐, 뭐라고 하는 거야, 지금. 내가 언제 막 대했다고…… 그런데 당신 경찰서 앞에서 나한테 욕한 거야?"

"네가 먼저 어른에게 당신이니 꺼지라느니 하니까 그런 거 아냐!"

"……."

박경철 경장이 당황한 얼굴로 강유진을 바라보았다.

문득 생각해 보니 상대의 나이는 34살이었다. 자신의 나이가 이제 29살이니 존대를 해야 마땅하다. 상대가 워낙 젊어 보여 말이 툭툭 나간 게 문제였다.

박경철 경장의 입에서 한숨이 흘러나왔다.

지구대를 찾아온 민원인과 다퉈봤자 좋을 게 없지 않은가? 게다가 지난번의 일로 강유진에게는 조금 미안한 마음도 남아 있었다.

"쩝, 그거야 아저씨가 너무 동안이라 나이를 잊게 되니까 그런 거 아닙니까? 하여튼 나도 잘한 거 없으니까 그만하겠습니다."

"그러든가……."

강유진도 더 문제 삼지 않았다. 그보다는 더 큰 일이 마음을 누르고 있었기 때문이다.

강유진을 스쳐 지나가던 박경철 경장이 멈칫거렸다.

"아저씨, 또 그 일로 왔습니까?"

"……비슷해요. 왜요?"

"할 말이 있으니까 와봐요."

박경철 경장이 지구대 문을 열고 안으로 들어갔다.

잠시 망설이던 강유진도 지구대 안으로 걸음을 옮겼다.

"앉으세요."

박경철 경장이 한쪽 구석에 놓인 소파를 가리켜 보였다.

강유진이 복잡한 표정으로 소파와 박경철 경장을 바라보았다.

저곳은 조사가 아닌 방문객이나 지구대 경관들이 잠깐씩 쉬는 자리다. 상대가 지극히 개인적인 볼일로 불렀다는 뜻이다.

잠깐 주위를 둘러보던 강유진이 성큼성큼 걸어가 소파에 앉았다.

박경철 경장이 자판기 커피를 뽑아들고 소파로 다가왔다.

"어쩌다 보니 시작은 좀 까칠했지만…… 나쁜 뜻으로 그런 건 아니니까 이해해 주십쇼."

"저도 경찰 일손이 부족하고 바쁘다는 건 알고 있습니다."

박경철 경장이 주위를 힐끔 둘러보았다.

아직 식사 시간인지라 경찰 하나가 자리를 지키고 있을 뿐이다.

"그동안 개인적으로 조사를 했습니다. 홍대 근처는 제가 훤해서요."

"네……."

강유진이 묘한 눈으로 박경철 경장을 바라보았다.

대체 무슨 말을 하려고 저렇게 주변의 눈치를 살피는 것일까?

"전에 제가 3인조 강도라고 말했었죠?"

"네."

"범인들이 누군지 곧 알게 될 것 같습니다."

"네? 어떻게?"

뜻밖의 말에 강유진이 놀라 되물었다.

"제가 마포에서만 이십 년을 살았습니다. 마포의 일은 모르는 게 없어요. 잘 아는 동생 중에 클럽을 운영하는 애가 있거든요. 그녀석 통해서 좀 파봤더니…… 월척이 걸렸습니다."

"월척요?"

"네, 클럽 일대에 짜잘하게 마약을 공급하는 놈입니다. 그놈이 몇 달 전에 좀 섬뜩한 말을 한 적이 있다고 하더라고요. 딱 그놈을 잡아 족치면 되는데…… 그놈이 갑자기 잠수를 타서……."

"그랬군요. 혹시 그 잠수를 탔다는 남자 이름이…… 최문식은 아닙니까?"

"헉! 그걸 어떻게? 그놈 만나봤습니까?"

"네, 운이 좋았습니다. 그놈 찾으려고 매일 클럽을 뒤지고 다녔으니까요."

"……최문식 지금 어딨나요?"

"그건 저도 모릅니다. 잠수를 탔다니 어딘가에 숨었겠죠."

"이런 제길! 나도 만났어야 하는데……."

박경철 경장이 강유진의 눈치를 힐끔힐끔 살폈다. 묻고 싶은 게 있는데 꾹 참고 있는 눈치다.

"최문식에게 들은 이야기를 해드릴까요?"

강유진이 먼저 운을 뗐다.

박경철 경장의 얼굴이 환하게 밝아졌다.

"뭐라고 하던가요?"

"말해드리죠. 대신 한 가지 조건이 있습니다."

"조건요?"

"제가 아는 모든 걸 가르쳐드리겠습니다. 대신, 이걸 저에게 들었다고 하면 안 됩니다."

"에? 왜요?"

"저는 벌써 범인들을 만나봤습니다."

"예에?"

박경철 경장이 황당한 눈으로 강유진을 바라보았다. 흉악한 3인조 강도들을 만나보기까지 했다니 놀란 것이다.

"최문식을 만나서 범인 중 하나를 알게 됐죠. 그 범인을 통해서 공범들의 이름도 알아냈고요. 목격자인 포장마차 주인도 그놈들이 범인이라고 확인해 주더군요."

"그, 그게 정말입니까?"

"네, 그런데 그 과정에서 사소한 문제가 있었습니다."

"무슨 문제요?"

"그놈들이 쉽게 입을 열지 않아서…… 팔을 부러뜨렸거든요."

"헛……."

"제가 지구대 앞에서 오락가락한 것도 그런 이유 때문입니다. 아무리 흉악범이라고 해도…… 제가 상해죄로 잡혀갈 수 있는 상황이잖아요."

"그, 그건 그렇죠."

"제가 동영상으로 녹음한 자료를 드리겠습니다. 박 경장님이 그놈들을 잡아주십시오. 이번 일에서 저는 완전히 빼주시고요. 그걸 약속해 준다면…… 제가 조사한 자료를 박 경장님께 모두 넘겨드리겠습니다."

"정말 그래도 괜찮으시겠습니까? 저야 감지덕지한 일이죠. 하지만 그거…… 상당히 포상이 큰 사건입니다. 게다가 피의자들이 고소고발하지도 못할 것 같은데……."

"만에 하나라는 게 있으니까요. 저는 경찰서 드나드는 거 질색입니다."

"그래도……."

"괜찮습니다. 사실 박 경장님이 먼저 최문식을 만났다면…… 박 경장님이 해결했을 일이기도 합니다. 운이 좋아 제가 먼저 만난 것뿐이죠."

박경철 경장은 부정하지 않았다.

사실 최문식이 사건 해결의 결정적인 단초였고, 자신은 그를 쫓고 있었다. 만약 강유진이 선수를 치지 않았다면, 자신이 알아냈을 것이다.

"알겠습니다. 감사히 받겠습니다."

"이메일 주소를 알려주세요. 돌아가는 즉시 자료를 정리해서 이메일로 보내드리겠습니다."

박경철 경장이 즉시 명함을 건넸다.

"이거 뭐라고 감사를 드려야 할지 모르겠습니다."

"아닙니다. 저는 범인들이 죄의 대가를 치르면 그것으로 만족합니다. 죽은 이정우도 그걸 원하고 있을 겁니다."

강유진이 자리에서 일어났다.

이제야 홀가분했다. 모든 일은 자신의 손을 떠났다. 범인들을 잡았고, 나름대로 복수도 했으며, 범인들과 약속한 신고까지 확실하게 끝냈다.

원룸텔로 돌아간 강유진은 지금까지 자신이 조사한 것들을 박스에 담았다.

휴대전화에 녹화한 최문식과 포장마차 주인의 증언 그리고 범인들의 자백 동영상은 USB로 옮겼다. 마지막으로 박 경장의 명함과 USB를 박스에 넣고, 테이프로 단단히 봉했다.

강유진이 박스를 잠시 만지작거렸다.

박스는 예정대로 임지연이 지정해 둔 사서함으로 발송할 생각이다. 그럼 임지연이 자료를 정리해서 박경철 경장에게 보낼 것이다.

다소 번거롭지만 그건 임지연의 생각이었다. 그녀는 원본을 어딘가에 남겨두어야 만일의 사태를 대비할 수 있다고 입버릇처럼 말했다. 그게 진짜 유사시를 대비한 것인지, 단지 결과물을 기록으로 남기고 싶어 하는 과학자의 본성인지는 모르겠지만 말이다.

*　*　*

우체국에서 박스를 발송하니 오후 1시다.

강유진은 한결 가벼워진 마음으로 거리를 걸었다.

길가의 가게는 크리스마스 장식으로 반짝였고, 발길 닿는 곳마다 크리스마스 캐럴이 흥겹게 따라붙었다.

그러고 보니 다음 주가 벌써 성탄절이다.

이리저리 걷다 보니 눈에 익은 거리가 나타났다.

"아! 여기는……."

고개를 드니 신천지 커피숍의 간판이 보였다.

그러고 보니 김연하의 연락처를 받아두기만 했지 전화 한번 하지 못했다.

잠시 생각하던 강유진은 신천지 커피숍으로 올라갔다.

"어서 오세요. 어머? 오랜만이네요?"

김연하는 여전히 카운터를 지키고 있었다.

"아니, 잠깐 일 봐주는 거라 하시고서…… 올 때마다 계시네요?"

"네? 올 때마다요? 언제 또 오신 적 있으세요?"

"뭐, 두 번 왔는데, 두 번 다 계시니까 저로서는 올 때마다인 거죠."

"에이, 잘 지내셨죠?"

"네, 그럭저럭 지냈습니다. 연하 씨는요?"

"저도 그럭저럭 지냈어요."

"……."

머뭇거리던 강유진은 창가의 빈자리로 걸어갔다.

얼마 지나지 않아 김연하가 다가왔다.

"일행 기다리세요?"

"아뇨, 그냥 혹시나 해서 와봤습니다."

"어머, 그래요? 음, 그럼 조금만 기다리실래요?"

"왜요?"

"저 곧 일 끝나거든요. 아까 이모가 나오신다고 했으니까, 오시면 그때부터 자유예요."

"그래요? 그럼 핫초코 한잔 마시고 있을게요."

"네, 좋은 시간 되세요."

김연하가 카운터로 돌아갔다.

주변을 둘러보던 강유진이 멋쩍은 듯 머리를 긁었다.

그러고 보니 여긴 셀프 서비스를 하는 곳이다. 그런데 김연하가 와서 주문을 받아갔다. 괜히 미안한 마음이 든다.

오 분쯤 지났을까?

김연하가 직접 핫초코를 들고 왔다.

강유진이 짓궂게 물었다.

"여기 셀프 아니에요?"

"셀프 맞아요. 여기는 특별히 제가 서비스 요금을 더 받으면 되죠 뭐."

"아, 괜히 물어봤네요."

"그럼 천천히 들고 계세요."

강유진이 머그잔을 눈높이로 들어올리며 물었다.

"이렇게요?"

"후훗, 썰렁해요. 그런 십 년쯤 전에 유행하던 개그잖아요."

"아, 네……."

강유진은 자신의 나이를 말하려다가 급히 머그잔을 내렸다.

김연하가 만면에 미소를 지은 채 카운터로 돌아갔다.

삼십 분쯤 지났을까?

오십 대의 품위가 넘치는 노부인이 커피숍으로 들어왔다.

노부인이 오자 김연하가 반갑게 인사를 했다.

"이모, 교대하러 오신 거예요?"

"그래, 네가 빨리 오라고 재촉해서 모임이 끝나기도 전에 서둘러 나왔다 얘. 무슨 일이기에 그렇게 애타게 찾은 거야? 내가 커피숍 맡기고 도망이라도 갈까 봐 그랬어?"

"피이! 누가 그렇대요? 제 손님이 오셨으니까 이왕이면 서두르시라고 그런 거지."

"네 손님? 누구? 어디에?"

노부인이 커피숍 안을 휘휘 둘러보았다.

마침 두 사람을 바라보던 강유진과 노부인의 시선이 마주쳤다.

"저 남자니?"

"어떻게 아셨어요?"

"혼자 있는 사람이 저 사람뿐이잖니. 나한테 맡기고 어서 가봐라."

"그럼 먼저 갈게요, 이모."

"그래, 그런데 누구니? 뉘 집 자식인지 아주 훤하게 생겼다."

"그냥 아는 분이에요."

"가르쳐주기 싫다는 거지? 나중에 보자."

노부인이 김연하에게 눈을 흘겼다.

김연하가 어림없다는 듯 입술을 삐죽여 보인 후 카운터를 떠났다.

잠시 후 앞치마를 벗고 외출복으로 갈아입은 김연하가 강유진 앞에 나타났다.

"나가요."

"어디 가게요?"

"여기 계속 있으면 우리 이모가 괴롭힐 거예요. 나가는 게 좋아요."

"그, 그럴까요?"

강유진이 먼저 카운터로 걸어가 계산을 했다.

노부인은 관심 없는 척하면서도 강유진의 아래위를 슬쩍슬쩍 살폈다.

강유진은 커피숍에서 나가자마자 크게 숨을 내쉬었다.

"하아!"

"왜요? 커피숍 공기가 안 좋았어요?"

"아뇨. 이모님이 어찌나 노려보시던지, 숨 막혀서 죽는 줄 알았습니다."

"호호! 원래 장난이 심하세요. 제 말대로 나오길 잘했죠?"

"네. 정말 살 것 같습니다."

강유진과 김연하는 한참 동안 걸었다.

문득 김연하가 물었다.

"참, 경비라고 하셨었죠? 그런데 성함이?"

"강유진입니다."

"이름이 참 멋있네요."

"이름도 멋있다는 말을 종종 들었습니다."

"훗! 이름도요?"

"네. 김연하 씨도 이름은 참 아름답습니다."

"어머? 저는 '이름은' 이고…… 본인은 '이름도' 인가요? 너무하시네요."

"나쁜 남자가 대세라고 하니까요."

"그 앞에 하나가 빠졌어요."

"뭐가요?"

"돈 많은 나쁜 남자요. 돈 없이 나쁘기만 한 남자는 그냥 신고 대상이죠."

"아! 그런 심오한 이치가!"

"경비시면…… 나쁜 남자 컨셉을 버리시는 게……."

"아닙니다. 경비는 지난달 말에 관뒀습니다. 지금은 스낵카 CEO니까, 나쁜 남자 컨셉과 잘 어울린다고 생각합니다."

"와! 스낵카요? 정말 재밌겠다!"

"남자의 목숨 건 경제활동을 재미로 말씀하시지 마세요!"

"그거 개그죠?"

"네. 김연하 씨는 금방 알아들으셔서 보람이 있습니다."

"음, 스낵카면…… 내일 행사 때 와주셔도 좋겠는데……."

"행사요?"

"네, 혹시 봉사활동 좋아하세요?"

"마음은 있는데 기회가 없더군요."

"그럼 기회를 드릴게요."

*　　*　　*

다음 날 아침 강유진은 스낵카를 몰고 일산으로 향했다. 김연하의 초대로 해리아동복지회에 가고 있는 것이다.

일산에서 해리아동복지회의 표지판을 따라 한참 들어가니, 또 다른 세상이 펼쳐졌다.

운동장이나 마당을 끼고 있는 거대한 건물마다 어린아이들과 청소년, 어른들이 해맑은 얼굴로 몰려다니고 있다.

비록 초점 없는 눈동자와 균형을 잃은 얼굴이 많았지만 -천국이라고 생각될 정도로- 사람들의 표정이 밝았다.

멀리 '경축! 세기의 마술사 최현웅님 특별공연'이라고 적힌 현수막이 보였다.

김연하가 말한 장소가 분명하다.

어제 김연하는 '내일 마술공연에 와서 음식을 제공하는 게 어떻겠느냐?'는 제안을 했었다. 봉사는 특별한 사람이 하는 게 아니라고 하면서 말이다.

마침 큰일도 끝낸 참이라 흔쾌히 승낙했다. 사실 사회봉사는 아케론닷컴의 주인으로 마땅히 해야 할 일이 아니던가!

근처 주차장을 찾다가 다시 건물 정면으로 차를 돌렸다. 생각해보니 자신은 스낵카를 이용해서 일을 해야 했다. 퉁챠오를 만들어 사람들에게 주려면 뒤편의 주차장이 아니라 정문 근처 양지바른 곳에 자리를 잡아야 한다.

마침 적당한 자리가 보였다.

강당 바로 앞 가볍게 흔들리는 현수막 아래에 한 대를 주차할 공간이 있었다.

강유진은 그곳에 주차를 하고 스낵카의 벽을 걷어냈다.

스낵카 안에 올라가 보니 대형 유리를 통해 강당 안의 행사 준비가 일목요연하게 들어온다. 이래저래 명당인 셈이다.

10시가 되자 아이들과 어른들이 강당에 입장하기 시작했다.

김연하가 주고 간 행사 팸플릿을 보니 -11시부터 12시 30분까지- 한 시간 삼십 분 동안 마술공연 시간이 잡혀 있다.

곧이어 강당 안에서 동요와 건전가요는 물론 복음성가까지 흘러나왔다.

10시 30분쯤 검은색 밴 한 대가 스낵카 앞에 멈춰 섰다.

그리고 밴의 문이 열리며 1남 2녀가 나왔다.

세기의 마술사 최현웅과 그의 조수들이다.

강유진은 최현웅이 TV에서 보던 것보다 더 잘생겼다고 생각했다.

잠시 후 강당에서 진행 요원들이 우르르 뛰어나와 최현웅과 여자들에게 허리를 숙였다.

곧이어 진행 요원들이 밴에 실린 짐들을 꺼내 안으로 날랐다.

마지막 짐이 들어갈 무렵, 사회를 보고 있던 김연하가 허겁지겁 뛰어나왔다.

짧은 인사 뒤에 김연하는 최현웅을 데리고 강당 안으로 들어갔다.

강당 안에서 '와아!' 하는 외침이 울려 나왔다. TV에 자주 나오는 최현웅인지라 아이들과 어른 모두 열광하고 있었다.

강유진은 스낵카에 앉아서 느긋하게 마술 쇼를 관람할 준비를 했다.

준비라고 해봤자 별건 아니다. 그냥 깨끗한 나무판대기에 비스듬히 기대어 강당을 바라보고 있을 뿐이니까 말이다.

그런 강유진의 주변을 플라멘이 날아다니며 한기(寒氣)를 막고 있었다.

"왜 시작 안 하지?"

11시 10분이 됐지만 최현웅은 공연을 하지 않았다. 그냥 진행요원들이 분주하게 다니며 뭔가를 진열하기 바빴다.

"아…… 무대장치를 이제 하는 거구나. 쯧! 조금 일찍 와서 준비하지."

자신만 해도 원룸텔에서 9시에 출발하지 않았던가!

하지만 고작 국수를 말아서 줘야 하는 자신과 세기의 마술사는 다를 것이었다.

괜히 입맛이 썼다.

기다리던 마술공연은 11시 20분에야 시작됐다.

거대한 통이 무대 위에 놓여졌다.

무대로 나간 최현웅은 갑자기 김연하를 불러 올렸다.

최현웅은 어리둥절한 표정으로 나온 김연하를 통에 들어가게

했다.

김연하가 통으로 들어가자 최현웅이 통을 하나씩 잘랐다.

"아악!"

"꺄아악!"

강당 안은 삽시간에 공포스러운 비명으로 가득 찼다.

당황한 최현웅은 서둘러 통을 결합하고 김연하를 끄집어냈다.

"와아아!"

그제야 아이와 어른들이 미친 듯 고함을 질러댔다.

통에서 나온 김연하가 최현웅에게 연신 머리를 숙여 보였다. 관객들이 보인 민감한 반응을 대신 사과하고 있는 것이다.

곧이어 아가씨 두 명이 커다란 소쿠리를 들고 나왔다.

소쿠리에 담긴 것은 마른 전갱이다.

최현웅은 마른 전갱이를 여러 조각으로 잘랐다.

그리고 이번에는 신중한 동작으로 하나씩 붙여 나갔다.

얼마 지나지 않아 마른 전갱이의 몸은 찢어지기 전의 모습으로 돌아갔다.

"와아아!"

짝짝짝!

이번에는 반응이 괜찮았다.

최현웅이 웃으며 한 아가씨에게 고개를 끄덕였다.

아가씨가 1.5리터 생수통을 들고 왔다.

그리고 생수통의 물을 최현웅의 손에 쏟아부었다.

최현웅의 손바닥에 있던 마른 전갱이가 펄떡거리며 튀어 올랐다.

"우와아아아!"

관객들의 탄성에 강당이 들썩거렸다.

그런데 두 번째 마술을 끝으로 최현웅은 부랴부랴 무대 정리를 시작했다.

강유진은 저것도 마술이라고 믿었다. 그리고 호기심 어린 눈으로 최현웅의 손동작을 바라보았다.

하지만 그건 어떤 마술의 준비가 아니었다.

잠시 후 최현웅과 두 명의 조수가 강당에서 빠져나왔던 것이다.

진행 요원들이 울상을 한 얼굴로 최현웅의 짐들을 밖으로 들어냈다.

뒤따라 나온 김연하의 표정을 보고서야 강유진은 마술 쇼가 끝났다는 것을 알았다.

"어쩌다 보니 행사가 겹쳤대요."

김연하의 말에 강유진이 인상을 찡그렸다. 최현웅 일행이 비슷한 시간대에 다른 공연 계약을 또 했다니 너무 무성의하다는 생각에서다.

"그럼 이제 끝인가요? 더 준비한 건 없어요?"

김연하가 어두운 표정으로 고개를 끄덕였다.

"네, 12시 30분까지 마술 쇼를 보여주기로 했었는데……."

강유진이 시계를 보았다.

아직 11시 40분밖에 안 됐다.

강유진과 김연하가 대화를 하는 동안 최현웅의 밴이 행사장을 빠져나갔다.

강당 안에서 다시 복음성가와 동요와 건전가요가 흘러나오기 시작했다.

"우리는 항상 우선 순위에서 밀리네요."

김연하의 기운 빠진 소리를 듣고 있던 강유진이 조심스럽게 말했다.

"저어, 퉁챠오라도 일찍 먹일까요?"

"……."

대답 대신 김연하가 강당을 바라보며 중얼거렸다.

"저 사람들은…… 성탄절을 축하하고 즐길 자격도 없는 걸까요?"

잠시 후 최현웅을 배웅한 행사 진행 요원들이 스낵카로 다가왔다.

한 남자가 김연하에게 따지듯 물었다.

"김 선생님, 이제 어떻게 할 건가요? 남은 오십 분 동안 노래만 부르게 할 거예요? 최현웅 같은 유명인이 바쁠 거라는 생각은 안 해봤어요? 연말연시면 남들보다 몇 배는 바쁜 사람들이잖아요."

"……."

김연하가 고개를 떨구었다.

그래도 분이 풀리지 않는지 남자의 음성이 더 높아졌다.

"선생님이 추진한 세기의 마술 쇼가 단 이십 분 만에 끝났다고요. 돈은 돈대로 들고 이게 뭡니까?"

김연하가 고개를 숙였다.

"죄송해요. 모두 제 잘못이에요. 하지만 저도 최현웅 씨가 이렇게 금방 갈 줄은 몰랐어요. 공연 약속은…… 12시 30분까지였어요."

"그쪽과 공연 계약서 쓰셨나요?"

"……아뇨. 그냥 구두로 약속을 잡았어요. 워낙 유명하신 분이니까…… 거짓말을 할까 싶어서……."

"아니, 사회생활 처음 하는 것도 아닌데…… 진짜 답답하시네!"

남자가 흥분하자 다른 진행 요원들이 말렸다.

"그만하시죠. 김 선생님이 일부러 그런 것도 아니고…… 잘못은 마술사가 한 거잖아요."

"저도 압니다. 다만 제 말은 처음부터 그런 마술사를 왜 데리고 왔냐는 겁니다. 하여간 남은 시간은 김 선생님이 알아서 책임지세요."

씩씩거리던 남자가 강유진을 힐끔 쳐다봤다.

"그쪽 분은 자원봉사로 오신 거 맞죠?"

"네."

"하아! 그나마 다행이네요. 어렵게 오셨는데 이상한 꼴만 보여드려 죄송합니다. 제가 좀 직설적인 데가 있어서요."

사내의 정중한 사과에 강유진이 웃으며 말했다.

"아닙니다. 그리고 뭔가 잘못 아시는 게 하나 있는데요. 김연하 씨가 저를 데리고 온 건, 바로 오늘과 같은 일을 대비한 것이었습니다."

"뭔 대비요? 아, 국수라도 일찍 먹이자는 겁니까?"

남자가 시큰둥하게 말을 받았다.

강유진이 스낵카에서 내렸다.

"천만의 말씀, 만만의 콩떡입니다. 사실 제가 마술사거든요. 최현웅 씨가 갔으니까, 남은 시간은 제가 때워드리겠습니다."

"마술사요? 정말입니까?"

남자의 얼굴이 환해졌다. 그로서는 이 행사를 망치게 하지 않을 사람이라면 누구라도 좋았다.

김연하가 놀란 눈으로 강유진을 바라보았다.

경비에서 스낵카 사장으로 변신하더니, 이제는 마술사란다! 대체 어디까지가 사실일까?

강유진이 멍한 표정의 김연하에게 눈을 찡긋해 보였다.

"김연하 씨, 이따가 그럴듯하게 제 소개 좀 해주세요."

"네? 뭐, 뭐라고요?"

"세기의 마술사가 공연을 하러 왔다고 하는 거죠 뭐."

"진짜 하시게요?"

강유진이 고개를 끄덕였다.

"돈 주고도 못 볼 지상 최고의 마술을 보여드릴게요. 오늘 이 자리에 있는 분들은 복 받으신 겁니다."

말과 함께 강유진이 씩씩하게 걸어갔다.

* * *

김연하가 단상에 올라 마이크를 잡았다.

계속되던 반주가 멈추고, 사람들의 시선이 모아졌다.

"여러분, 아까 마술 어땠어요?"

"좋았어요!"

"끝내줬어요!"

"그런데, 아까 그 마술사보다 더 뛰어난 마술사님이 찾아오셨어요."

"와아아!"

"누구요?"

"누군데요?"

"우주 최고의 마술사! 인간들이 어떻게 사는지 구경하기 위해서! 스낵카를 타고 세상을 떠돌아다니는 21세기 마지막 마술사! 강유진 마술사님을 소개합니다!"

…….

강당은 고요했다.

강유진이라는 이름을 모르니 당연한 반응이다.

이름 없음에 비해 김연하의 소개가 너무 거창했다.

강유진이 뚜벅뚜벅 걸어 나갔다.

정말 강유진의 구두 발자국 소리가 들릴 정도로 강당 안은 조용했다.

"감사합니다."

강유진이 웃으며 고개를 숙였다.

아무도 박수를 치지 않았다.

누군가 물었다.

"최현웅 마술사님은요?"

"뭐야! 끝난 거야?"

"에이."

사람들의 웅성거림이 시작됐다.

얼마 지나지 않아 강당 안은 시장 바닥처럼 소란스럽게 변했다.

보다 못한 강유진이 막 소란을 가라앉히려고 하는 순간이다.

앞줄에 앉아 있던 머리긴 여자가 자리에서 벌떡 일어섰다.

"조용히 해! 미친 것들아!"

여자가 뒤를 돌아보며 광폭하게 눈알을 부라리자 강당 안은 삽시간에 조용해졌다.

강당이 조용해지자 여자가 배시시 웃으며 말했다.

"마술사 선생님, 계속 하세요."

멍한 표정으로 서 있는 강유진에게 김연하가 속삭였다.

"정신이 좀 오락가락하는 분인데…… 기가 세서 그런지 다른 사람들이 말을 잘 들어요. 그러니까 신경 쓰지 마세요. 강유진 씨가 마음에 든 모양이에요."

마지막 말에는 웃음기가 좀 배어 있었다.

그제야 강유진이 고개를 끄덕여 보였다.

"이제 시작할 테니까…… 들어가셔도 됩니다."

"네, 부탁드려요."

김연하가 목례를 해 보인 후 진행 요원들이 있는 곳으로 돌아갔다.

강유진은 강당에 모인 사람들을 둘러보았다.

어린아이는 물론 청소년과 조금 전의 여자와 같은 성인도 보인다. 나이와 성별은 달랐지만, 장애를 가졌다는 이유로 가족들에게 버림받은 사람들이다.

문득 김연하의 말이 떠올랐다.

> "저 사람들은…… 성탄절을 축하하고 즐길 자격도 없는 걸까요?"

그럴 리가 있나!

강유진은 자신이 할 수 있는 최선을 보여주기로 마음먹었다.

"에르 쉬 바쿰."

돌연 강유진의 머리 위에 세 개의 서클이 떠올랐다.

"우와아!"

사람들의 입에서 탄성이 터져 나왔다.

서클은 공중에서 천천히 움직여 하나로 융화되었다.

하나가 되는 순간, 눈부신 빛과 함께 서클이 흩어졌다.

"와아!"

짝! 짝! 짝!

그것도 마술이라고 생각한 사람들이 열광적으로 박수를 쳤다.

강유진이 오른손을 허공으로 치켜들었다.

"벤투스, 헤라드."

쉬이익.

발밑에서 바람 소리가 나는가 싶더니 강유진의 몸이 허공으로 둥실 떠올랐다.

"우와아!"

"와아아아아!"

삐익! 삑!

짝! 짝! 짝! 짝! 짝! 짝!

고함과 휘파람 소리, 박수 소리가 끊이지 않았다.

거의 3미터나 올라가던 강유진은 다시 천천히 내려왔다.

"아이엔."

물의 정령 아이엔이 허공에 모습을 드러냈다.

강유진의 얼굴에 미소가 떠올랐다.

아직은 아무것도 보이지 않을 것이다. 하지만 이제 곧 사람들은 그들 인생에 있어 가장 놀라운 일을 목격하게 될 것이었다. 어린 아이들의 동화책 속에서나 가능할, 전무후무한 마법 말이다.

강유진이 낭랑한 음성으로 소리쳤다.

"뮤토 사크리시움!"

쏴아아아.

강유진의 앞에 거대한 물의 벽이 등장했다.

"헉!"

"우와아아아!"

"진짜 물이야!"

"물 벽이다!"

"저, 저거 진짜 아니야?"

"바보야! 우주 최고의 마술사라잖아!"

"아하! 그랬지!"

사람들은 쉽게 납득을 했다.

하지만 한쪽에 몰려 있는 진행 요원들은 그렇지 못했다.

저건 분명히 진짜 물이다. 냄새는 물론 습기까지 제대로 전해지고 있었다. 하지만 저 정도의 물을 끌어오려면 하루 이틀로는 턱도 없다. 게다가 저건 오션월드나 워터파크에서도 불가능한 하이테크 물 쇼다. 그걸 한 사람이 하고 있는 것이다.

"기, 김 선생님, 저분 정말 대단한 마술사네요. 태어나서 이런 거 처음 봅니다. 최현웅은 상대가 안 돼요. 대체 어떻게 섭외하신 겁니까?"

큰소리치던 남자는 강유진에게서 눈을 떼지 못했다.

김연하는 마술에 집중하느라 옆에서 누가 뭐라고 하는지 듣지도 못한 얼굴이다.

물 벽은 삽시간에 사라졌다.

강유진이 정면으로 손을 내밀었다.

"플라멘, 라쉬프."

강유진의 손바닥 위로 시뻘건 불이 타올랐다.

화르르륵.

"헤라드."

바람의 정령 벤투스가 불꽃을 허공으로 띄워 올렸다.

거대한 불공이 천천히 떠올랐다.

열기가 강당은 달아오르게 했다.

앞줄에 앉아 있던 사람들의 얼굴로 땀이 줄줄 흘러내렸다.

"뮤토 사크리시움!"

강유진이 다시 손을 휘둘렀다.

어디선가 나타난 파란 물줄기가 붉게 타오르고 있는 불꽃을 향해 날아갔다.

파아앗.

치이이익.

물벼락을 만난 불덩어리는 단숨에 사라졌다.

그 대신 강당은 자욱한 안개로 뒤덮였다.

"페사흐."

바람이 몰아치자 안개가 강당의 문으로 밀려갔다.

아무도 손대지 않았건만 문짝이 저 혼자 '덜컹' 소리와 함께 열렸다.

활짝 열린 문으로 안개가 서서히 빠져나갔다.

강유진이 벽에 걸린 시계를 확인했다.

12시 30분.

이제 그만 끝낼 시간이었다.

강유진은 안개 속으로 스며들어 강당을 빠져나갔다.

잠시 후 '우와아아!' 하는 외침이 강당을 뒤흔들었다.

사람들이 뒤늦게 마술사가 안개와 함께 사라졌다는 걸 알아챈 것이다.

흥분한 사람들은 손바닥이 터져라 박수를 쳤다.

TV에서도 본 적이 없는 마술 앞에 열광하고 있는 것이다.

박수 소리는 근 오 분 동안이나 계속됐다.

박수 다음은 합창이다.

노래가 끝나자 강당의 문이 열렸다.

곧이어 남녀노소의 사람들이 우르르 쏟아져 나왔다.

사람들의 눈은 하나같이 반짝거리고 있었다. 우주 최고의 마술사가 국수까지 공짜로 준다는 말에 완전 흥분한 것이다.

*　　*　　*

점심시간이 지나자 강유진은 스낵카를 끌고 서울로 올라갔다.

마트에서 퉁챠오 재료를 보충한 강유진은 원룸텔로 돌아가 잠깐 휴식을 취했다. 봉사활동을 한답시고 아침부터 돌아다녔더니 몸에 무리가 왔던 것이다.

한숨 자고 일어났더니 임지연에게서 '메일 보냈어요' 라는 짧은 문자가 와 있었다.

강유진은 컴퓨터를 켰다.

하지만 자신의 메일함은 비어 있었다.

그제야 '박경철 경장에게 보냈다' 는 뜻임을 알고 머리를 쳤다.

"하아! 잠이 덜 깼구나. 내 메일함을 열어보다니……."

내친김에 아케론닷컴을 클릭했다.

오랜만에 새로운 글이 보였다.

[살려주세요.]

제목의 긴박함과 작성자의 이름이 왠지 어울리지 않는다는 생각이 든다. 살려달라는 글의 작성자는 김정숙 씨였다.

이미 이정우가 죽었는데 김정숙 씨는 그걸 받아들이지 못한 것일까?

강유진은 안타까운 마음으로 본문을 클릭했다.

[나 오태성이다. 김정숙이 여기에 의뢰를 했다지? 김정숙은 우리가 데리고 있다. 12월 20일에 태성실업으로 와라. 안 오면 죽는다.]

강유진이 멍한 눈으로 모니터를 들여다보았다.

태성실업의 오태성이 김정숙 씨가 사는 곳을 찾아갔던 모양이다.

자신에 대한 복수심 때문이리라.

이런 식으로도 일이 꼬일 수가 있다니? 머리가 아팠다.

일단 강유진은 '접수'를 클릭했다.

아직 약속한 날짜까지는 삼 일이나 남았다.

김정숙을 구하는 일이 어려울 거라는 생각은 하지 않았다. 조금 복잡한 상황이지만 결국 자신이 원하는 대로 될 것이다.

그렇게 믿어 의심치 않았다.

잠시 생각하던 강유진은 다시 휴대전화를 열었다. 새 글의 등록을 알리는 아케론닷컴의 문자가 오지 않았다는 생각에서다.

'아, 통보문자가 겹쳤군.'

스팸문자들 속에 홈페이지에서 보낸 문자가 섞여 있다.

"이놈의 스팸이 문제야……."

꼭 필요한 정보가 쓰레기 속에 섞여버린다. 그 바람에 이제는 필요한 정보를 확인하려면 쓰레기 속을 뒤져야 한다.

"쯧쯧!"

혀를 차던 강유진은 문자들을 하나하나 확인해 지워나갔다.

6시가 되자 스낵카를 끌고 홍대 근처로 나갔다.

마음이 심란할수록 평소의 생활을 유지해야 한다. 그렇지 않으면 이성을 잃고 좌충우돌하게 될 가능성이 높다.

평소처럼 통챠오는 잘 팔렸다.

바쁘게 움직이다 보니 어느새 마음이 진정됐다.

대부분의 사람들이 심란할수록 더 일에 매달리는 것도 그런 이유 때문이리라.

"오빠!"

신은미와 친구들이 멀리서부터 아는 체를 했다. 클럽에서 만난 뒤로는 괜히 더 친한 척을 하는 것 같다.

강유진이 어색하게 웃으며 손을 흔들었다.

그때다.

퍽.

가슴이 뜨끔하는가 싶더니, 이내 불로 지지는 듯한 통증이 밀려들었다.

강유진은 깜짝 놀라 고개를 숙였다.

어느새 상체는 피로 붉게 물들어 있다.

"……."

숨이 허파로 넘어가지 못하고 목구멍에서 깔딱거렸다.

아아.

이렇게 죽는 건가?

강유진은 뭐라고 말할 듯 입술을 움찔거리다가 맥없이 넘어졌다.

쿠당탕.

신은미와 친구들이 깜짝 놀라 비명을 질러댔다.

성탄절을 일주일 앞둔 날의 일이었다.

* * *

타이거는 총을 분해해서 가방에 담았다. 그리고 빌딩 옥상에 앉아서 요란하게 달려오는 구급차의 불빛을 내려다보았다.

"쯧쯧."

남자에게는 안 된 일이지만, 가슴에 총을 맞고 살아난 사람은 지금까지 없었다.

박 의원의 집 근처에서 남자를 쏠 수도 있었지만, CCTV가 너무 많았다. 그 덕분에 남자의 수명이 이틀 정도 더 늘어났으니, 사실을 안다면 자신에게 고마워할지도 모른다.

타이거는 손가락 끝으로 남자 주변에서 울고 있는 여자들을 '탕탕' 하고 쏘아본 후에 자리에서 일어났다. 여자들이 저렇게 울어주었으니 저승에 가는 길이 허망하지만도 않을 것이었다.

다음 목적지로 향하는 타이거의 발걸음은 가벼웠다.

한영권에게는 감정이 있으니 그를 위해서 총을 사용하지는 않을 생각이다.

"사람 죽이기에 좋은 날씨로군."

* * *

"그는 누구였지?"

장 테스카틀의 물음에 회색의 그림자 사내가 짧게 답했다.

"모른다."

"너희가 모르는 것도 있나?"

"임지연의 출생부터 지금까지의 모든 행적을 조사했지만, 어디에도 그런 남자와의 접촉은 없었다.”

“당연히 그녀가 흔적을 지웠겠지.”

“물론, 나도 그렇게 생각한다.”

“그럼, 그자를 어떻게 할 생각이지?”

회색의 그림자 사내가 장 테스카틀에게 고개를 돌렸다. 검게 뚫린 눈동자에서 섬광이 번득였다.

“지금은 그를 생각할 때가 아니다. 너는 실패했고, 조직은 실패한 자를 용서하지 않는다.”

장 테스카틀의 얼굴에 기이한 미소가 떠올랐다.

“이봐, 말은 바로 하자고. 나만 실패한 건 아니잖아. 그 자리에는 너도 함께 있었어.”

“내가 너를 도운 것은 비공식적인, 사적인 영역의 일이다. 그러니 실패의 책임은 온전히 너의 것이라는 것을 알아야 한다.”

“좋아, 그렇게까지 말한다면 할 말이 없군. 그래서 나를 어떻게 할 건데?”

“왜? 생각이 변했나? 내 기억에 사도가 되고 싶다고 부탁한 사람은 너였는데.”

“생각이 변했냐고? 천만에, 그 빌어먹을 놈에게 당하고 나니 더 절실해졌다. 나도 사도가 되고 싶어 미치겠다고! 하지만 너도 알다시피 실패했잖아.”

장 테스카틀이 잠시 말을 끊고 한숨을 내쉬었다. 그림자 사내와 자신의 과거가 어떠했든지 현재 칼자루를 쥐고 있는 사람은 그림자 사내와 사도들이다.

장 테스카틀이 한풀 꺾인 음성으로 중얼거렸다.

"그러니 사도의 한 사람인 너에게 정중하게 묻고 있는 거라고. 나를 어떻게 할 것 같은지를."

"후후, 너의 그 변화무쌍한 표정이 부럽군. 보다시피 나는 얼굴이라고 할 만한 것이 사라져서 말이야."

회색의 사내가 기묘한 표정을 지어 보였다.

"그 대신 영지(靈知)와 권능을 얻었지 않나."

장 테스카틀이 부럽다는 눈빛으로 그림자 사내를 바라보았다.

"얻은 것인지 빼앗긴 것인지는 네가 직접 경험해 봐야 알 테니 길게 말하지 않겠다. 아직도 사도가 될 결심이 변하지 않았다면, 미국으로 가서 한 남자를 만나라."

"그자가 내 운명을 좌우할 열쇠인가?"

"영리하군. 그를 완벽하게 장악하지 못한다면, 너는 반드시 죽임을 당하게 될 것이다."

"제길, 이번에는 남자의 손에 목숨이 달리게 된 건가? 사양하고 싶지만 그 제안 받아주지."

"제안 같은 것이 아니다. 이번에도 실패한다면, 더는 도와줄 방법이 없다. 그 대신 고통 없이 보내주겠다고 약속하마. 너와 나, 과거의 인연을 생각해서."

"과거의 인연이라고?"

장 테스카틀이 이글거리는 눈으로 그림자 사내를 바라보았다.

문득 그림자 사내의 얼굴에 가느다란 실선이 떠올랐다.

미소인지 조롱인지 알 수 없는, 표정이 그려지다가 이내 사라졌다.

"인간의 웃음이란 어렵군."

장 테스카틀이 인상을 찡그렸다.

'인간의 웃음이라니?'

자기가 사람이 아닌 것처럼 말하고 있지 않은가! 사도의 능력이 초인적이기는 해도 사람이 아니라고 생각한 적은 한 번도 없었다.

"너는 누구지?"

장 테스카틀의 물음에 그림자 사내가 답했다.

"벌써 잊었나. 나는 사도 그레이(Gray)다."

〈4권에서 계속〉

魔龍傳
마룡전
김강현 신무협 장편소설
ORIENTAL FANTASYSTORY & ADVENTURE
『투신』, 『마선』, 『천신』의 작가!
김강현의 신무협 장편소설
고독(蠱毒)에 조종당해 지옥에 내던져진 마룡단
잔혹한 음모와 혈투 속에서도 그는 살아남았다!
잊혀진 마룡단의 생존자 강하진이 돌아왔다.
음모의 배후를 처부수고 복수를 이루리라!
dream books
드림북스

천풍전설
장담 신무협 장편소설
ORIENTAL FANTASYSTORY & ADVENTURE
『쌍룡기』, 『암천제』에 이은 장담의 강호이야기
하늘의 바람이 머무는 그곳. 『천풍전설』!
사형의 죽음, 비밀임무, 구룡회의 몰살.
피의 각축장으로 변한 강호에 천풍이 불어온다!
dream books
드림북스

제왕록
무장편
『흑마법사 무림에 가다』의 베스트 작가!
박정수 판타지 장편소설
박정수 판타지 장편소설
FANTASYSTORY & ADVENTURE
삼만 년 동안 대륙의 일통을 꿈꾼 자는 많았다.
그러나 그 꿈을 이룬 자는 오직 한 명뿐!
신분의 굴레를 벗기 위해 전장으로 향하는 칼스.
그것이 기나긴 대륙 통일 전쟁의 시작이었다!
dream books
드림북스

무협계가 주목한 작가
권인호 신무협 장편소설
天極之
권인호 신무협 장편소설
일류가 삼류에게 패하는 강호 초유의 사태.
모든 것은 한 소년이 쓴 무공서에서 시작됐다!
재미 삼아 쓴 23권의 얼치기 무공서.
세상에 나타나자마자 천하 무림에 파란을 일으키다!
dream books
드림북스